JN093084

続 勝ってみせます！

的場悠紀
Matoba Yuuki

風詠社

「大阪スポニチが競馬をつくった」

青木　るえか

大阪のスポニチってほんとに面白かった。

東京から大阪に引っ越して（もう三十年以上前の話だ！）、さて京都競馬場に行きましょうか、じゃあスポーツ新聞はどうする、となった時のことだ。うちはずっと新聞は朝日と決まっていたので、スポーツ新聞はニッカンであった。マスコミには系列、というものがある。……と思っていたが最近は、読売テレビの『ミヤネ屋』にスポーツニッポンの芸能記者が出ていたりして混乱している。スポニチなら『ゴゴスマ』に出ろよ毎日系列なんだから。読テレも読テレだ、なんで報知新聞の芸能記者を呼ばないのか。自分のところの系列の記者はそんなに使えないへボばかりなのかと思われるぞ。

話がそれました。で、競馬面を見るためにスポーツ新聞を買う。ニッカンは当然買って、はじめての京都競馬場で浮かれていたのでサンスポとスポニチも買ったのだ。頃は春、天皇賞春の前日の土曜日。平場スタンドのベンチで三紙読みくらべて、そこで競馬面がダントツに面白かったのがスポニチですよ。私は系列とか言ってたのもコロッと忘れて、以後スポニチに鞍替えしたのだった。

記者のコラムも読ませたが、それより何より小林常浩、乗峯栄一、的場悠紀のコラム三本立て！　東京にいたら名前も聞いたことがない人たちのこのコラムがどれも異様に面白くてびっくりした。小林さんは当時現役の調教助手でありながら破滅型文士の風格があった。乗峯さんは小心で恨みがましいところを面白おかしく（哀しく）さらけだす私小説の世界を競馬予想の名を借りてイジイジと展開する。的場さんは「これこそ大阪」という、「柔らかいのにちゃんと固くて（乗峯さんならエロ話に援用しそうな形容だ）タメにもなってソンはさせません」というコラムが毎回見事にきちんと提出される。

すげえなあ大阪のスポニチ。

競馬の黄金時代ってのはいつなのか、というのはいろいろご意見があると思いますがあの3人が揃っていた頃の大阪スポニチが、私の考える「競馬の黄金時代」である。競馬文化が花開いた、というのはああいうことを言うのだ。大げさなこと言ってるようですけど、キオスクなんかで売ってるスポーツ新聞のコラムみたいなところが充実するってことこそが文化の発展です。

その後、私も大阪スポニチの競馬面で仕事をさせていただけるようになりまして、小林さんとも乗峯さんとも、的場さんともお会いする機会を得て、その人となりを知るようになる。そしてしみじみ思ったのは、小林さんも、乗峯さんも、そこに入るのはおこがましいがまあムリに入れてもらって私も、みんな「不幸」を背負って競馬をやっているということだ。小林さんや乗峯さん（や私）の、競馬を愛するがゆえに競馬でひどい目にあい、うちひしがれ、ますますひどい目にあいにいってしまうという破滅の道。愛を求めて愛に泣く。馬を求めて馬に泣く。「それこそが文学だ！」と言いたいが、読む人にとっては「競馬でバカやってる人」でしかない（そして小林さんも乗峯さんもバカであることに言い訳なんかいっさいしない、その潔さ）。

そんな中で的場さんには不幸の影がない。

コラム読めばわかる通り、的場さんも競馬ではいろいろ痛い目ツラい目にあってらっしゃる。たぶん、私なんかよりも失ったカネの額は大きい。

それでもそこに不幸はない。それは的場さんにカネが有り余っている、などということではなく（まあじゅうぶんにお持ちだろうとは思いますが）、きっと、すごく的場さんという人の、品がいいからなんだろうなあと思う。じっさいにお会いすれば洒脱な方であって多少エロ話をしても下品になることはまったくなく、ははと笑ってサラリと流れる。私や乗峯さんでは、エロ話はじめじめ、ぬめぬめと湿ってきていたたまれなくなる。それで何度も失敗してるので、的場さんはそういうところが「ちがうなあ」と感服させられる。

ありがたいことに、私が予想コラムの片隅に描いたローズキングダムのイラストを、この本に使っていただいたので、ちょっとその時の思い出話を。

２０１０年、ちょうど干支でひとまわり前の寅年（ちなみに私の干支も寅年です）、ジャパンカップで私はブエナビスタを応援していた。関西馬で、コワモテだが牝馬にモテモテの松田博資先生の管理馬で、牝馬で天皇賞やジャパンカップに挑戦して勝つかもしれない、という馬を応援しないわけにいかない。

で、一着でゴールをして「ブエナビスタがすごいことをやった!」と思う間もなく、審議になって降着。失格じゃなくて2着降着だったが、1着と2着じゃいろいろなことが違いすぎる。なんということだ……とがっくりしていたら、繰り上がったのがローズキングダム。

ローズキングダムならしゃーないか……。

彼は「どうしてもナンバーワンになれないバラ一族(ローズバドとかロゼカラーとかロサードとか、ルックスも小柄な体軀も、何か少しヒネたような感じの一族。G1レースでもいつもちょっと足りない残念なレースぶり。あんなに良血一族なのに)」の馬だった。それが繰り上がりとはいえジャパンカップ優勝!……それなら喜んでやるしかない、という気持ちになってしまった。

いつもなら、こんな時に繰り上がる馬なんか「一生恨んでやる」ぐらいの気持ちになるのに、まあしゃーないよな、というあきらめと祝福。そんな気持ちをスポニチのコラムに書いたような気がする(※細かいことはすっかり忘れておりまして、まるでちがうことを書いている可能性もあります)。そして、ローズキングダムの、ちょぴっと陰険な、決してアイドルにはなり得ないその面長な顔を描いたのだった。当時は、バラ一族の中では「正統的な美形として売り出していける（かも）」ぐらいのことは思っていたが、今見てみるとやっぱり「ちゃんとヒネている」。そして、そこがいいんですけどね。

それからしばらくして、的場先生（ここからは先生と呼ばせていただきます）からご連絡があって、「ローズキングダムのイラストをテレカにしてもよろしいか」と言われた。そうなのだ、的場先生はローズキングダムを一口持っていらしたのである。

馬好きのエッセイストがG1馬を一口持ってた、なんて話を書いてたりすると、「ケッ、これから一生ハズレ馬券だけ買い続けますように」と神様に祈ってしまったりするが、的場先生だと恨む気にならず心から「おめでとうございます。それは常日頃からの的場先生の、上品な行いからくるものにちがいありません」と思う。

もちろん、イラストは「もう好きなようにお使いください」と申し上げ、できたテレカもいただきまして、そしてそのイラストを今回も使ってくださるのはほんとうに光栄です。もっと上手な絵を描く方は他に山ほどいらっしゃると思うのですが、このローズキングダムの目つきは、自分でもわりと好きです。

ここにまとまったスポニチのコラムを読んで、自分もこういう品のある年の重ね方をしたいと思うのであります。

的場先生！　ここで満足なさらず、百歳をこえたあたりで、コラム集の第3巻をぜひ出してください。その時は私もまたイラストでも短文でもなんでも書きますのでぜひお声がけください。その頃の私のイラストなんてもう手が震えて線もガタガタで使い物にならないかもしれませんが。

弁護士　的場悠紀の
続　勝ってみせます！　目次

「大阪スポニチが競馬をつくった」青木るえか……3

第一部　続　勝ってみせます！

橋下徹モノ……12
裁判モノ……22
時事モノ……60
引用モノ……101
艶笑モノ……120
その他……128
クイズ……227

第二部　続　アンソロジー

訟廷日誌 ……… 236
小説「湯川家具」……… 249
「旅立ちの唄」……… 264
「つながり」……… 268
ニセモノ騒動記 ……… 271
あとがきに代えて ……… 281
楽曲「生きていて幸せ」……… 284

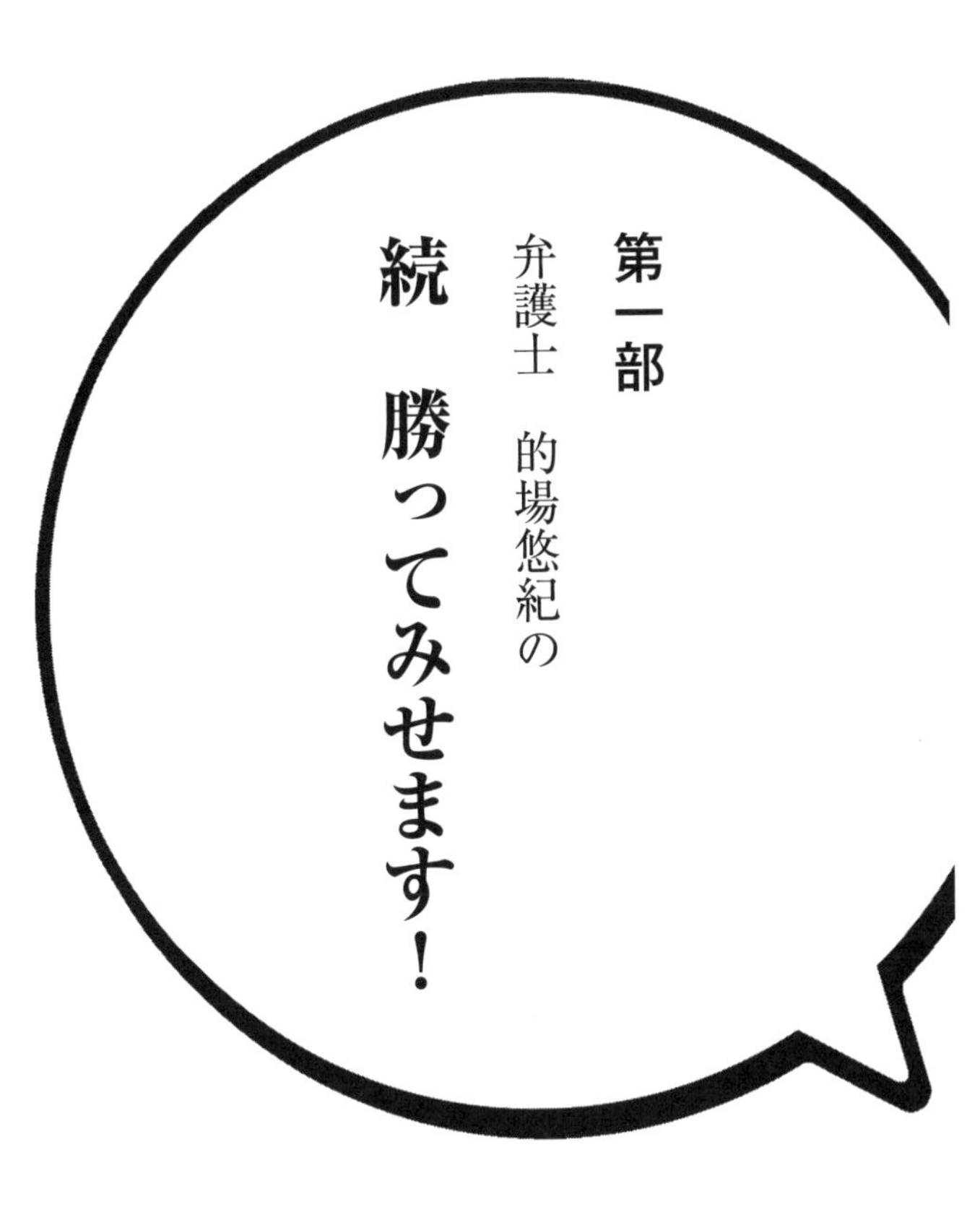

第一部

弁護士　的場悠紀の

続　勝ってみせます!

橋下徹モノ

平成19年12月15日（土）

橋下徹さんの大阪府知事立候補、「2万%ナイッ！」との舌の根も乾かぬうちの立候補表明が、ウソツキというイメージを与えたことは間違いない。でも、私はウソをついていたのではなく、そのときにはそう思っていたのではないかと思っている。ちまたの意見を聞いてみると、中年オバサマたちにはファンが多く、彼女たちが大挙して投票所に行けば当選は確実だろう。しかし男性の評価は意外に厳しい。テレビで見せる橋下さんの「軽さ」は政治では通用しないという人が多い。あの過激発言は視聴者には受けても、政治の場であのような言動をすれば衝突が絶えず、孤立するというのだ。橋下さんの個性とは別に、彼をかつぎ出した自民党への批判も中高年に多い。「有名だったら誰でもええんか」というのだ。お笑いタレント政治家を出してきた大阪人が今回の自民党の選択にどう反応するのか面白い。

平成20年2月9日（土）

週刊朝日の編集長だった扇谷正造さんの『聞き上手・話し上手』講談社現代新書版から。昭和54年出版だが、その内容は今でも役に立つ。扇谷さんは話し上手になるためには、まず聞き上手にならないといけないという。自分の話を聞いてもらうためには、相手の話をよく聞いて自分に好意を持ってもらうことが大事と強調。相手の話の腰を折らない、マと気合を外さない、話し手の目を見つめる、何かしながら聞かないなど、徳川夢声さんの教えも紹介している。ある哲学の教授のセミナーを聞きに来ていたサラリーマンは熱心に講義を聞いたあと、教授のところにやってきて、さらに詳しい質問をした。うれしくなった教授は答えたあと、仕事は何かとたずねたら、保険勧誘員という。保険大嫌いの教授、自分の話を聞いてくれたことに気をよくし、加入したという話も。橋下新知事にぜひ読んでもらいたい本。

平成20年6月7日（土）

橋下知事の大阪府財政再建案、退職手当債を発行するなど就任直後にブチ上げた目標からは若干後退したが、これまでの知事ができなかった（やらなかった）改革と一応の評価を得ているようだ。橋下さんの今回のやり方はまさに弁護士の交渉術。120ふっかけて80で妥協するという和解の手だ。マスコミ利用の上手な彼は、小泉さんと同じようにイジメられ役を連日報道させ、府民（といってもオバチャンだけだが）の同情を味方にした。まだ議会のゆり戻しが控えているが、これは公開されるから世論をたてに乗り切るだろう。ただし、与党の顔を立てた若干の修正を行うだけの「のりしろ」を残しているはずだ。しかし妥協点をきめて、それより大幅な要求をするやり方は3回目には逆に相手に読まれてしまう。基本的に政治家には誠実さが必要。オオカミ少年を演じていてはオバチャンにも嫌われる。

平成20年10月25日（土）

朝日新聞と橋下知事のバトル。発端は橋下さんがテレビで、光市の母子殺人の弁護人たちの弁護のやり方を非難し視聴者に懲戒を呼びかけ、多数の懲戒申立がされたこと。弁護士からの損害賠償請求で金銭の支払いを命じられた橋下さんは裁判所の判断は正しい（自分の考えが間違っていた）といいながら控訴した。判決が正しいのならそのまま確定させるべき、それを控訴するのはおかしいと朝日新聞が「弁護士をやめたら」と皮肉ったのがカンに障った知事は、朝日新聞のように人の欠点ばかりあげつらうような教育をしてたらいい子は育たない、間違い記事を書いても自分の非を認めない朝日新聞こそ発行をやめろと反論。しかし権力者を批判するのが新聞の仕事、裁判所の判断は正しいといいながら控訴するのは、法律を守る弁護士としてはおかしな話。三百代言という言葉を思い出させる。

平成21年10月11日（日）

『大阪呑気大事典』（大阪オールスターズ編著＝宝島社文庫）は大阪弁のおかしさを再認識させてくれる。「いけず」「しんきくさい」「へんねし」「だんない」などはお年寄りが使うと品よく、やわらかい表現に聞こえる。河内弁とされる「おんどれ」「いてまう」「かます」

「けつかる」は品がなく、東京人に眉をひそめられる言葉である。「イチ・ニー・サン……」という数のかぞえ方も「坊さんがへをこいた」といかにも大阪的。「アホラシヤの鐘が鳴る」についての解説を紹介する。これは鐘が鳴るほど馬鹿げているといった意味になる。ところで、なぜあほらしいと鐘が鳴るのかという疑問がここに残るわけだが、これについては筆者も分からない。ただ、「あほらしい」で一蹴されるより、そのあと鐘を鳴らされるほうが、一層馬鹿にされたという印象が強く残ることは確かなのである。大阪府職員の方々、橋下知事にこの言葉を送ってみては？

平成22年4月24日（土）

橋下知事と平松市長が大阪都か道州制かでパンチの応酬をしてる。庶民にはどちらにどんなメリットがあるのかイマイチよく分らない。丹波元さんの『こんなに違う京都人と大阪人と神戸人』（PHP文庫）によると、「あなた、関西の人ですか？」と尋ねられたとき、大阪人は「え〻、そうだす」とよくぞ当ててくれたとばかりにうれしそうに返事するが、京都人は「へえ、そうですけど京都どす」神戸人は「え〻、神戸の方です」と答える。関西人というイメージは大阪人とイコールで、京都人・神戸人には「あんなガラの悪い大阪人と一緒にされてはかなわん」という意識があるらしい。京都人と神戸人は仲がいいが、大阪人はどちらからも敬遠されているという構図は道州制でもネックになりそうだ。一方、平松さんは大阪市の中でも船場のダンサンのオットリタイプ、橋下さんは河内今東光の強引タイプ、大阪都、うまくいきますかなあ。

平成23年12月4日（日）

大阪秋の陣は橋下軍の圧勝で終わった。選挙民の投票動向を見ると、橋下さんは無党派層で勝っただけではなく、平松支持の民主・自民支持層からもまんべんなく票を集めており、「都構想について民意を得た」と胸を張る橋下さんの自信は分かる。ただし、私は、橋下さんは都構想の具体的な内容については明らかにしていないから、選挙民が都構想について全面的に橋下さんに任せたわけではないと思う。大阪の地盤沈下を肌で感じている人達が橋下さんの行動力に期待して一票を入れたもの。東京の一極集中は、国内のみならず外国の会社や公的機関によっても増大しているから、なにわ筋の交通機関（莫大な金がいる）や、カジノ（大王製紙事件で大反対が予想される）などではとうてい大阪復活は難しい。橋下さん、頑張ってください。傍観者としては市役所をぶっ壊す橋下さんと大阪市職員のバトル、ケンカ上手の橋下さんの腕をみてみたい。

平成24年2月25日（土）

大阪市の職員を対象に実施された「労働組合政治活動調査」に対し、大阪府労働委員会から待ったがかかった。「組合活動への参加の有無」を問う調査が労働組合法が禁じる組合運営への支配介入にあたる恐れがあり、橋下さんが職務命令で回答を迫り、拒否すれば処分対象としていることも問題という指摘。橋下さんは勧告に対し「自分の方が正しい」と言い張っているが、労働法の本を読めば、こんな調査が法律違反ということはすぐ分かること。さすがに調査にかかっていた野村弁護士はまずいと思ったのか、自発的に調査を凍結した。大阪市の職員組合に対する橋下さんの対応はヒステリックで、弱みを見つけると居丈高に相手をののしる姿勢はみっともない。将たるものはもっと度量の広いところを見せてほしいもの。戦国時代、勝った方は負けた武将を厚遇して味方にした。橋下市長とかけて痔ケツ持ちと解く。こころはケツの穴小さい？

平成24年5月27日（日）

橋下市長の市職員に対する入れ墨調査。百人以上の入れ墨者がいたのにもビックリだが、たぶん大半は肩や腕にするおしゃれ感覚で、背中一面唐獅子牡丹なんてのは少ないだろう。この調査に回答しなかった者は今後昇進に差をつけると追い打ちをかける橋下さん、自分の命令を聞かないヤツは許さん！と相変わらず独裁者ぶりを発揮しているが、そもそも「入れ墨調査そのものが正当な職務命令か」ということに私は疑問を持っている。今回の調査の発端となった「市職員が子供たちに入れ墨を見せた」という行為は暴挙だが、だからといって全職員の入れ墨調査が許されるとは思わない。入れ墨そのものは犯罪行為ではないし、市役所の窓口で、もろ肌脱いで入れ墨を見せて「何の用やねん」とすごまなければ問題はないはずだ。公務員たる者、入れ墨するべからずと橋下さんは言うが、昔は裁判官でも入れ墨していい裁判をした遠山の金さんがいるぞ。

平成24年7月21日（土）

橋下市長がバカ文春に刺された。週刊文春が橋下さんの北新地ホステスとの不倫を暴露したのだ。報道によると、不倫期間は06～07年にかけて。現在は30代前半、身長1メートル60、松下奈緒似の色白の清楚な美女は、橋下さんとの出会い、一緒に行った店、ラブホの状況まで詳細に語り、文春側はウラを取った上で橋下さんに突きつけた。こりゃアカンとあきらめた橋下さんはあっさり白旗、奥さんに平身低頭。しかし、不倫は彼が政治家になる前のタレント弁護士時代。北新地のホステスと浮き名を流す弁護士はゴロゴロいる。議員宿舎で不倫した政治家もおり、前首相の（民主党）菅、鳩山も前科者だ。今度はバレないような相手を選んで頑張りたまえ橋下くん。政治と性事は別物だ。この不倫期間に、橋下さんは奥さんとの間に2人の子供を作っているのがスゴイ。そう、男は浮気がばれないよう、浮気のあとは家でも頑張るのです。「英雄、色を好む」

平成24年8月18日（土）

週刊ポストが大阪維新の会の総選挙立候補予定者の全氏名と職業をスッパ抜いた。ポストの記事によると、総数８８８人中職業を明らかにしている約６００人で一番多いのは「会社員」の１６７人。マスコミ情報では、候補者の基準は、自分で選挙資金を調達できるかということも考慮されたというが、会社員といってもエエシのボンで、親が資金を出してくれるのだろうか。資金面での不安の少ない「会社役員」は95人。「地方議員」が75人と続くのは、すでに地盤があり、選挙のノウハウも分かっているのでそんなに金はかからないということだろう。「公務員」が26人いるのは、行政のしくみが分かっているから、当選すれば即戦力になるということか。意外に少ないと感じたのは、橋下さんと同業の「弁護士」。こっちは５人しかいない。法律が分かっている職業は代議士に向いているはずだが、そういえば橋下さん、同業者には人気ないなあ。

平成24年10月6日（土）

文楽協会と橋下市長とのバトルが解決。最後まで公開討論に反対した協会が頭を下げた格好だが、やりとりを見ると、技芸員の収入となっている協会の「養成費」についての配分が表に出ることを協会側が嫌がっていたようだ。古典文化の象徴である文楽の演者が、自分の収入を公開されるのは芸術家として耐えられないという意見もあるが、税金で補助してもらう以上、仕方のないこと。文化・芸術はお金のかかるもの、お金を惜しんでは育たない。クラシックの音楽もヨーロッパの王様の保護で生まれたし、名画も財閥の応援あってのこと。文化遺産に指定されている建造物も権力者が財力にあかせて造ったものだ。民主国家になり、財閥のいなくなった日本では新しい文化・芸術は育たない。ならば現在残っている日本古来の文化・芸術を守っていくことが大切。採算ばかりを考えては滅びてしまう。橋下さん、もっと文化・芸術にお金出して。

平成25年1月19日（土）

桜宮高校の体罰について、橋下市長は体育系の募集中止と全教員の入れ替えを市教委に要求。もしこれができなければ大阪市の予算（教員給与など）の執行をしないと公言。生徒の募集・教員の配置は市教委の権限であることを認めた上で、反対すれば兵糧攻めにするぞと脅したのである。募集の中止・教員の総替えについての是非は別として、「予算の執行をしない」ことで、市教委を自分の思い通りに動かそうというやり方は問題。これが許されれば、教育は全て市長（府知事）の思い通りになってしまう。こんなことをテレビで言われ、何も言い返せない教育委員たち、情けないと思わないのか。「やれるものならやってみろ」と言い返し、自分たちで意思決定をしろ。確かに教育予算の執行権限は市長にある。でも、こんな行使は権限の濫用。それより橋下さん、亡くなった生徒の両親に損害賠償したら。予算執行権者はあなたですよ。

©谷本亮輔

裁判モノ

平成17年1月16日（日）

青色発光ダイオード事件で和解成立。1審の200億からみると8億はエライ少ない感じだが、庶民の感覚からは妥当な額。200億で腰が抜けた会社は裁判所の和解案に飛びついたが、中村教授はシブイ顔。弁護士として一番困るのは1審で勝ち過ぎること。控訴審で依頼者は強気になり和解しようとしないが、和解しないと逆転負けしてしまう。「すすめられた、和解蹴とばし、訴訟負け」という川柳もある。中村教授の弁護士は説得に苦労しただろう。ただし1審で200億と言われなければ会社は8億も出さなかっただろう。中村先生、1審裁判官に感謝しなさい。

平成17年6月5日（日）

春の叙勲を受けた友人が「立ち小便したら勲章取り上げられるらしいで。チダツというんやて」というので法律を調べた。あった。勲章褫奪令（クンショウチダツレイ）。「勲章ヲ有スル者死刑、懲役又ハ無期若ハ3年以上ノ禁錮ニ処セラレタルトキハ其ノ勲等ハ之ヲ褫奪セラレタルモノトシ……勲章ハ之ヲ没収ス」。辞典によれば褫奪とは官職をとりあげることとある。又懲役にならなくても「素行修ラス帯勲者タルノ面目ヲ汚シタルトキ」も情状により没収の対象となる。立ち小便はこれに当たるのか。現在の叙勲制度の根拠は、明治8年にできた「勲章従軍記章制定ノ件」という太政官布告（現在の政令）。国家への功労者に対するほうびだが、いつの世もごほうびは必要らしい。

平成17年6月12日（日）

中国の反日デモで日の丸を燃やすシーンがあった。日本の刑法には「外国国章損壊罪」というのがある。刑法92条は外国に対して侮辱を加える目的で、その国の国旗を損壊した者は、2年以下の懲役又は20万円以下の罰金に処すると定めている。但し、この場合の国旗とは、外国が公用として掲揚しているものに限ると解釈されているので、個人が玄関に立てた国旗を燃やしても（器物損壊にはなる）国旗損壊にはならない。国旗に対する罪というより、国旗で象徴される国家を侮辱したという罪なのだろう。この罪は外国の請求がないと起訴できない。いわば親告罪である。しかし、日の丸を燃やすなんて行為を見るのは不愉快だ。日の丸掲揚反対の日教組の先生、どう思いますか。

平成17年9月4日（日）

水曜の毎日社会面に「客の逃げる法律相談所」と題し、2人の弁護士が懲戒処分になったという記事が出た。その1人T弁護士は、37歳の女性の依頼者から自己破産の申立依頼を受け、着手金30万円を15回の分割払の契約をした。その後、T氏は分割払の1回分を割り引くのを条件に、性的関係を求める趣旨で女性を食事に誘ったというのが業務停止3カ月の理由。T氏は性的関係を求めたことを否定しているというが、3カ月の業務停止は相当に重い。かなりロコツなお誘いがあったのだろう。でも女性を口説くのに着手金を2万円まけてやるというのはあまりにもショボイ話。T氏は現在77歳、事件は3年前だから当時74歳、イヤイヤお元気なこと。事務所でこの話をして「オレもまだまだセクハラ加害者の年齢か」と言ったら、女性弁護士が「そう、絶対加害者になれるわ」と妙な保証をしてくれた。

平成17年9月18日（日）

インターネットのサイトで「殺人を請け負う」と載せた男に「不倫相手の妻を殺して」と頼んだ女が、金を払ったのに実行してくれないと警察に泣きついて、2人とも逮捕された。男が説明した殺人方法が奇想天外。「バイクに2人乗りして、トンネル内で追い越しながら細菌をまき吸い込ませる」と白い粉まで見せたそうな。粉は有害物でなかった。殺人には予備罪があって、人を殺す道具を用意しただけで処罰されるが、粉が凶器にならなかったので予備罪の適用はできず、逮捕の理由は、金を払って殺人を依頼し、これを引き受ける行為を罰する「暴力行為等処罰に関する法律」。刑は6月以下の懲役または10万円以下の罰金。男は詐欺で起訴されるだろうが、１５００万円もとられた被害者が処罰されるのはかわいそうだ。それにしても、人は何故、姿の見えないネット上の相手を信用するのだろう。

平成17年12月11日（日）

防衛庁の宿舎で、自衛隊のイラク派遣に反対するビラをまいたことが住居侵入罪に当たるかどうかという事件で、地裁と高裁の判断が分かれた。反戦ビラをまくことが、表現の自由としてどんなところでも許されるのかという点については、両方とも無制限に許されるものではなく住居侵入に該当するとしたが、一審では刑事罰を課するほどの違法性はないと無罪に、二審は違法性ありとした。この事件は個人の家に入り込んだのではなく、宿舎の敷地に入ってビラを配っていたのが宿舎管理者の意思に反する違法な行為とされたのだ。自衛隊の本家本元に向かって何さらすねん、いてまえというのが告訴した防衛庁の本音だろう。しかし、一体誰がどんな被害を受けたのか、処罰の必要性が本当にあるのかといわれると、一般の人でもハテナと首をかしげる。市民の裁判員なら果たしてどんな判断を下すだろうか。

平成18年2月4日（土）

大阪城、靭公園の青テント城攻防戦は多勢に無勢、あっけなく陥落。こんな簡単なことを何故大阪市は長い間放置してたのか。この勢いで大阪中の青テントをなくしてほしい。但し、ホームレスの行き先を十分確保することが前提、舞洲あたりに定住的な宿泊所を建てたらどうだろう。ホームレスは施設はプライバシーがないなんて言うが、それはワガママ、公共の場の不法占拠を正当化する理由にならん。この直前、扇町公園を住民票の住居として届け出を認めたバカ裁判官がいて、ホームレスの扇町への移動が始まってるとか。住居という限り、定住的な建物での生活が要件だが、裁判官は青テントも定住的な建物と判断したのか。他人の土地を不法に侵奪したヤツが、地主に向かって「オレの住所はここだと認めろ」とは権利の盗用もいいとこ。高裁でひっくり返るだろう。いや、民事にも裁判員がいる。

平成18年3月19日（日）

ホリエモン事件、粉飾決算の追起訴が終わり、捜査は一段落。宮内被告ら3人は保釈されたがホリエモンは却下。公判で証拠調べが終わるまで勾留（こうりゅう）が続きそうだ。最近の裁判所は否認事件ではほとんど保釈を認めない。弁護士はこれを人質司法と呼ぶが正にその通り。長期勾留を恐れ、大半の被疑者は自白する。憲法で禁じる強制による自白がまかり通ってる。このオドシにめげず否認を貫いたホリエモンはエライ。過去にも鈴木宗男さん、戸塚ヨットスクール校長など頑張った人達には共通点がある。①常に自分のしていることが正しいと信じる確信犯＝罪の意識がないから頑張れる。②人のいうことには耳を貸さず自分ばかりしゃべる＝検事のいうことが耳に入らないので矛盾を突かれても分からない。③恥という字が辞書にない＝恥ずかしいと思ったら気が弱くなって自白する。皆さんの近くにこんな人いません？

平成18年3月25日（土）

光市の母子殺人事件、最高裁の弁論を欠席した弁護人が批判されている。この裁判は無期懲役の判決を受けた被告人に対し、検察が上告したもので、書面審理が原則の最高裁が弁論を開くということは、判決の変更→死刑を意味している。死刑廃止論者の弁護人は、判決を引き延ばすため故意に欠席したと思われている。報道によると、弁論の日は3カ月前にきまっており、前の弁護人の辞任で新たに弁護人に選任されたのは2週間前。死刑の事件の弁護を2週間の準備期間でやれというのは同業者として明らかに無理。裁判所は弁護人の変更申請を即時に却下したが、人を死刑にする裁判をなぜそんなに急ぐのか。思うにこのガチンコ勝負、弁護士と裁判官の意地の張り合いという気がする。受任前に弁護人が事情を話し、せめて1カ月でもという申し入れをすれば和解はできたはず。東京人は和解嫌いか？

平成18年4月29日（土）

格闘技イベント会社社長Aが、脱税のためタイソンを招へいする契約をねつ造し、架空の支払いをしたという工作をBに依頼したところ、Bは預った工作資金4億5千万円の大半をネコババ。怒ったAはBに金返せと訴訟を起こしたが裁判所は認めずAは敗訴。理由は民法708条「不法な原因のために給付をした者は、その給付したものの返還を請求することができない」。脱税という悪事のために出した金を横領されたとしても自業自得。そんな金の返還を認めたら悪人を助けることになるということだろう。最高裁の判例は、金を渡した方ともらった側の不法性の大きさを比較して、どちらを勝たせる方が公平かという観点で判断すべしといっている。この事件、4億近くも横領したBに不当な利益を得させる結果となったが、裁判所は脱税の違法性を重く見た。ネコババ男から税金取ったのかなあ。

平成18年6月17日（土）

ゴルフの打球が右前方にいた同伴競技者の頭に当たり後遺症が残ったとして裁判になった。裁判所は「原告は被告と何度も一緒にラウンドしたことがあり、被告が本件ショットの際にグリーンに乗せるつもりでウッドを用いてボールを強打すること、深い草がボールに覆いかぶさっている状態ではミスショットをする可能性が高く、ミスショットをした場合にはショットをした者より前方（厳密にいえば後方に飛ぶことも皆無とはいえない）であれば、いかなる方向にもボールは飛ぶ可能性があること、被告との距離からみてわずか数秒でボールは原告の地点まで到達すること、しかもスライスがかかって飛球の方向が予測できないことを十分認識していたはず」として、原告に6割の過失があったと判断。従来の判例でも、当てられた方に6〜8割の過失を認めている。ヘタの前方へ出ないようにしましょう。

平成18年6月18日（日）

秋田の小学生殺人事件が連日ワイドショーで報道されている。畠山鈴香容疑者は、逮捕前にテレビに出まくっていたから、その映像や近所の人の話を流し、心理学の専門家や評論家、弁護士などが「ああでもない、こうでもない」と推測をしゃべる。裁判員制度が始まったら、こんなテレビを見た人に予断を抱くなというのはムリ。事件報道にはルールが必要になる。それに弁護人までテレビに現れて、「今日は被疑者はこんなことを言ってます」と自白の内容まで詳しく報告する。見てる人は「弁護人が自白してるというのだから、やったことは間違いない」と思い込む。弁護士には守秘義務があり、職務上知り得たことを他人にもらしてはいけないことになっている。被疑者が無実を主張している内容を公表するならまだしも（私はこれにも否定的だが）、自白の詳細までしゃべるのは職業倫理違反だ。

平成18年8月6日（日）

実刑判決を受けても、その刑期を満期まで服役するのは半分以下。5割以上が通称仮釈（カリシャク）、正式には仮出獄といって満期前に釈放される。更正の意欲があって再犯の可能性がないことが条件だから、暴力団員には通常仮釈はない。法律上は、言い渡された刑の

3分の1（無期では10年以上）を過ぎれば仮釈は可能なのだが、通常認められるのは7割以上つとめてから。兵隊の位ではないが、刑務所へ入ったときは4級で、数カ月ごとの服役態度を審査して等級が上がり、1級にならないと仮釈にはならないから、6カ月といった短い刑では1級になるまでに満期が来てしまう。最近、仮釈中に犯罪を起こすケースが問題になっているが、平成16年度には無期刑で11人も仮釈されている。イタリアでは刑務所建て替えのため大量の仮釈放をするらしいが、仮釈がなければ日本の刑務所も満パイになる。

平成18年10月8日（日）

参議院の一票の格差判決、5倍以上の格差を合憲とした裁判官のアタマは一体どうなってるんだろう。裁判官出身6人中5人が合憲、対して弁護士出身4人中3人が違憲。高い裁判官席に座っていると平等感覚を失ってしまうものらしい。裁判員制度が始まると、国民は裁判官の異常感覚をじかに体験してびっくりするだろう。裁判官の常識が世間の非常識であることを、裁判員の人達に指摘され、常識の通用する裁判になることを望みたい。次回の衆議院選挙に行われる最高裁判事の国民審査、今回合憲の判断をした裁判官全員に×印をつけましょう。補足意見としてある裁判官は「現行の仕組みを採用する限り、いかに工夫しても格差の是正には限界がある」と述べたがその通り。定数の決定を選挙前1年以内の有権者数で自動的に割り振るという法律を作ったらどうか。賛成する議員おらんやろなあ。

平成19年3月17日（土）

ホリエモン実刑判決、ちまたでは妥当という意見が大勢だが弁護士の間ではヒドイ判決という声が多い。有罪、無罪については証拠を見ないと何ともいえないが、量刑についてである。マスコミをあれだけ騒がせたことで「大事件」というイメージはあるかもしれぬが、証取法違反の法定刑（懲役5年以下）はさほど重いものではない。現に西武の堤さんだって執行猶予、この犯罪で実刑になるのは珍しい。反省の色がないといっても、否認しているのだから反省しろというのはムリ。憲法で黙秘権が保障されているのだから、否認してるから重い刑というのは憲法違反。我が事務所の弁護士の一致した意見は、他の事件との比較で重すぎるということ。今、話題になっている日興の粉飾額はホリエモンとはケタ違いの巨額。日興の責任者を捕まえず、ホリエモン実刑は国策捜査といわれても仕方がないだろう。

平成19年8月5日（日）

ある馬主が、ＪＲＡの制度の変更で自分の所有馬が除外になる機会が増えたとして、ＪＲＡに損害賠償を求めた裁判、馬主が負け。馬主側は「ＪＲＡはもっと出走機会を増やすよう努力する義務がある」と主張したが、裁判所は「競馬は馬主のためにだけやってるのではない。どんな制度を採用するかはＪＲＡの裁量の範囲内」と判断。結果は妥当だが、私はこの馬主に敬意を表したい。農水省の管轄するＪＲＡはお上そのもの。馬主、調教師、騎手など競馬関係者は常にＪＲＡの規制を受け、うっかり文句をいったり、反対するとひどいしっぺ返しをくらうから、ＪＲＡに訴訟を起すなんて相当な勇気がいる。厩舎関係者に聞いても、ＪＲＡの不当な干渉、権力をかさに着た制限に不満をもらす人が多い。競馬関係者、ファンの声をＪＲＡに真剣に聞かせるには、訴訟は効果的な方法かもしれない。

平成20年1月19日（土）

講談社文庫『私はなぜ逮捕され、そこで何を見たか』島村英紀著を読んだ。国立極地研究所所長だった島村さんは2年前、元勤務先の北海道大学とのトラブルから詐欺罪で逮捕され、否認したとして171日間の拘留生活を送った。結果は懲役3年執行猶予4年だったが、司法に失望した島村さんは控訴しなかった。本の内容は事件の中身ではなく、拘留中の日常生活を地震学者である島村さんが科学者の目で冷静に観察し克明に描写したもの。例えば、逮捕されて拘置所へ入る際、真っ裸にされ尻の穴まで検査される、拘置所で呼ばれるときは名前ではなく与えられた番号で呼ばれる。接見禁止（面会禁止）になると家族とも一切連絡をとれないなど、人間性を否定されるようなことばかり。裁判員になる人には『それでもボクはやってない』の映画とともにぜひ読んでもらい、調書の信用性を考えてほしい。

平成20年2月2日（土）

北海道のばんえい競馬の競走馬が獣医師の医療過誤で死亡、裁判沙汰になった。一審で164万円しか認められなかったが、控訴審では2051万円に増えた。死んだのは4歳のキタミハクリキ号、それまでの成績は40戦12勝。裁判所は種牡馬としての価値の他、賞金総額を出走回数で割った1回22万円余を基準に、ばんえい競馬の平均引退年齢の8・2歳までの出走可能回数を掛け、経費を差し引いた金額の8割を損害として認定。「本件馬は手術前には通算勝率が3割という極めて高い成績を残していたが、過去に高勝率を残した馬が、その後も同率の勝率を維持できる可能性があるとまでは断定できず、加齢によって走力が低下することも考えられる。以上の事情を考慮し、損害額の控え目な認定という趣旨から、2割を減じた金額をもって損害とするのが相当である」。いや、競馬の分かった裁判官殿。

平成20年2月10日（日）

明治41年に施行されてから改正されずに来た監獄法（いかにもヒドイ場所というイメージ）が全面改正され「刑事施設及び受刑者の処遇等に関する法律」となり、法文上は受刑者に対する扱いも大分マシになった。具体的には、これまで厳しく制限されて来た外部との通信、面会が若干ゆるやかになり、受刑中の外出、外泊という規定もできた。しかし、最近の卒業生に聞くと、実態はまだまだ法律に追いついていないようだ。従来と変わっていないのは作業報奨金の額。懲役刑は刑務所で作業をしなければならないが、作業内容に応じて報奨金（一括の賃金）がもらえる。1等工から10等工まで10段階あって、時給の額は1等で36円70銭、10等では5円20銭（銭単位が使われるのは報奨金だけだ）1日8時間労働だから10等では1日50円にしかならない。これでは受刑者が社会復帰するのはとうてい無理。

平成20年3月15日（土）

先だって行われた日弁連の会長選挙で、弁護士増員絶対反対を唱える候補が、組織選挙の強みの本命候補に肉迫、弁護士の間に司法試験合格者増員に強いアレルギーのあることを世間に知らせた。法務大臣まで3千人の合格者は多すぎると発言。卒業したら8割は合格と鳴り物入りでつくられた法科大学院関係者と学生は詐欺に遭ったみたい。弁護士だらけのアメリカでは、弁護士に関するブラックジョークも多い。「弁護士と吸血鬼の違い。吸血鬼は夜間しか人間の生血を吸わないが、弁護士は24時間吸う」「道路でのリスと弁護士の違い。車でひきそうになったら、運転手はリスなら急ブレーキ、弁護士ならアクセルを踏む。ひいてしまったら、リスなら運転手はバックして生死を確かめるが、弁護士ならバックしてもう一度ひく」（法律新聞より）。このブラックジョーク、日本でも通用する日も近い？

平成20年3月29日（土）

映画の著作権は公開後50年だったが、平成15年の法改正で70年に延長された。新しい法律が適用されたのは平成16年1月1日からで、その日に著作権のある映画に限り70年に延長されるが、それ以前に著作権の切れた映画は延長されないと決められた。「ローマの休日」「シェーン」などの名作は平成15年末で50年が経過し、1枚500円のDVDが売られるようになり裁判になった。映画会社は「平成15年12月31日午後12時は平成16年1月1日午前0時と同時刻であり、これら映画の著作権は70年に延びた」と主張した。裁判所は「平成15年12月31日午後12時に著作権は失効した」として映画会社を負かした。ニュアンスとして1年の終わりがあって次の年が始まるという感覚は分かるが、たった1日、しかも同時刻の経過で保護されないのもかわいそう。時空間を超越した作家乗峯先生、どう思いはりますか。

平成20年4月6日（日）

女性誌アンアンの「男が愛しやすい女VS愛しづらい女」のキャッチコピーにつられ380円を投資。男が愛しやすい女は①男の話をよく聞いて共感してくれる②いつもニコニコ笑っている③男に甘えられるなどまるでホステスが天職みたいなタイプ。しっかり者で男をリードしたり、男と友達キャラとなる女は愛されづらいと書いてある。最近の若いマザコン男はしっかり者の女性を選ぶかと思いきや、「誘いやすい＝誘っても断られない女性」を好むという。この話を千人斬りを豪語するA社長にしたら、彼は自信満々こう言った。「女は猫かぶってるから、見つきで選んでも信用でけへん。おれが女性とつき合う基準は『別れやすい女かどうか』や。ベッピンでプライドが高い気の強い女は最高。すぐに後釜見つかるし、未練たらしいと思われるの嫌うからあっさり別れられるわ」。さすが！　千人斬り社長。

平成20年5月10日（土）

牛肉偽装だけでなく料理の使い回しまでバレて、船場吉兆のおかみがテレビで再登場、原稿棒読みの謝罪（そばに弁護士がついていたのは何のためだろう）。アユの天ぷらは揚げ直し、サシミのつまは水で洗って再利用。主婦としてはほめられる行為だが、これを高い料金を取った客に出すとは詐欺そのもの。広辞苑を調べたが「使い回し」という言葉は載っていない。あるのは「使い切る」＝使ってしまう、「使いこなす」＝使って十分に役に立たせる、「使い慣れる」＝永く使用してそのことに慣れる、「使い果たす」＝金銭などを残らず使ってしまう、「使い古す」＝古くなるまで使う、「使い分ける」＝事の性質、目的などに応じて区別して使う、など。使い古した料理を使い切るのが料理を使いこなすと思って客に使い分け、その手を使い慣れた船場吉兆、長年の信用を一気に使い果たしてしまった。

平成20年5月11日（日）

ウドンとそば、食べるのはウドン党が多いがマニアックなのは圧倒的にそば党。その究極が自分でそばを打つこと。最近は自分でそばを打つ人が増えているそうだが、朝日新聞に「アマチュアそば打ち段位認定制度」の記事が出ていた。認定するのは「全国麺類文化地域間交流推進協議会」（略して全麺協）。初段は人前に出せるそばが打てること、2段はそば打ちを人に教えられること。3段になるには市町村を代表しそばを紹介できなければいけないというから、こうなればプロ級の腕前が必要。4段では小論文の審査、更に最高位の5段となると、4段に認定されてから3年以上の経験に加え、活動歴などの一次審査を通った後、そばの栽培、製粉、そば文化に至る筆記試験に面接もクリアしなければならない。私もそば打ちにトライしたことはあるが、人前に出せる初段にもなれそうにない。

平成20年6月8日（日）

財務省の役人が深夜タクシーの運転手から金品を受け取っていたという話。1回に2～3千円の現金をくれるというのだから、メーターはその10倍にはなっていたはず。運転手にしたらリベートのつもり、客にしたら運賃の割引くらいの感覚だったろうが、問題は運賃の支払者は役所ということ。実際に支払ったタクシー代以上の金を役所から受け取っていたことになり、法律上は横領ないしは背任になる。これがビール・お茶になると別だ。金額面で小さいということもあるが、飲み物は一種のサービス、つまり運賃に含まれていると考えられる。ビールを断ったからといって、タクシー代が安くなるわけでなければ役所のハラは痛まない。でもこんなサービスはいいなあ。若い美人の女性運転手がビールをついでお話をしてくれる、カラオケがあれば最高。タクシー業界の風雲児ＭＫさん、やりませんか？

平成20年7月26日（土）

飲酒運転した職員の処分を公表しないと宣言した彦根市長を「バカ市長」と書いた週刊新潮が市長に訴えられ、名誉棄損で22万円の支払いを命じられた判決が最高裁で確定。請求額は２２００万円とスゴかったが、認められたのは１％。裁判の費用も出ないが市長のメンツは立った。「バカ」という言葉にはケイベツの意味はあるが、市長の発言は今のご時世に逆行するような態度で、バカ呼ばわりされても仕方ないかと思うのだが、裁判所は市長に軍配をあげた。方、同じ日に大阪地裁は、大阪市役所を訪れた男性が、警備員から「二度とくるな、あほ」と言われたことで大阪市に損害賠償を求めた裁判で、市側に10万円の支払いを命じた。こっちの方は言われたのが私人で、言ったのが公務員。立場の違いはあるものの、「あほ」の方が「バカ」の半額。新潮さんも「あほ市長」にしておけば安くついた？

平成20年7月27日（日）

ついこの間まで、「弁護士増やせ」の大合唱に加わっていた弁護士会が、最近は「弁護士増やすな」と言い出した。２０１０年までに司法試験合格者を３０００人にするという計画を見直せというのである。大阪弁護士会でも8月6日に総会を開き「合格者を増やすな」の決議が行われる予定だが、もっと過激に「合格者を減らせ」という修正案も出る。修正案派は「今の合格者数（約2000人）でも多過ぎて大変だ！」と考えている。彼らの理由は「合格者の学力低下」と「就職難」。しかし、合格者を倍に増やせばレベルが下がるのは当たり前。就職難だって十分予想できたはず。私は合格者が増えるのは大賛成。競争が激しくなれば市民へのサービスは増える。学力は経験で補える。今日、家に「歯科検診訪問診療」という歯医者のチラシが入った。「訪問法律相談」そんな時代が来ているのである。

平成20年8月3日（日）

中国人民大学法学院客員教授の加藤美穂子さんの書いた『中国家族法』（＝日本加除出版）は、中国の結婚相続などを解説した貴重な本。結婚届（中国では婚姻登記という）を出した後に夫婦が取得した財産は、名義のいかんを問わず夫婦の共有財産になるとか、相続で嫡出子も被嫡出子も平等に扱われるなど、日本より進んでいる。相続については、扶養義務をつくした相続人に対しては多く相続させ、逆に扶養能力がありながら扶養義務を果たさなかった者には相続分を認めないか減額すべきという条文もある。日本では妻には、夫の死後夫の両親から相続する権利はないが、中国の法律では夫の死後に夫の両親を扶養した妻は夫の両親の第一順位の相続人となる。相続の根底に流れているのは、相続は扶養の報酬という考え方。親を放ったらかしておいて親の死後、財産争いをする現代、この制度が必要だ。

平成20年8月30日（土）

お笑い芸人カンニングの竹山隆範さんの『大阪人はなぜ振り込め詐欺に引っかからないのか』（扶桑社）に面白い対談が出てる。振り込め詐欺撲滅キャンペーンのCMに出た大阪のオバチャン舟井栄子さんに、娘さんになりすまして交通事故を起こしたとの電話。「番号控えるからちょっと待って」と保留にして娘さんの携帯に電話すると彼女は昼ご飯中。「ヨーシ」と受話器をとった舟井さん、「あんた、お父さん警察官やから（うそ）お父さんに言い」。びっくりして黙り込んだ相手に「何か言いや！　あんたが電話して来たんやろ！」。それでも相手は無言のまま。竹山さんが「そのまま電話切ったんですか」と聞くと「そんなもったいないことしますかいな」。一方的にまくし立てる舟井さんに相手は黙っている。最後に一発「しょうもないことすな！　二度と電話してくるな。あほんだら」ご立派。

平成20年9月28日（日）

精神科医であり作家でもある斎藤茂太さんの『いい人生には「生き方のコツ」がある』（＝大和書房）という本、人生を幸せに生きるコツがつまっている。一言でいえば楽観主義で暮らしなさいという教えである。斎藤さんは、健康で明るく暮らす人の特徴を挙げている。①なんらかの仕事をもち、それが社会や人の役に立っているというプライドをもっている。②同性、異性、年齢を問わず大勢の人とつきあっている。③自分に安らぎや気晴らしをもたらす趣味をもち、楽しんでいる。④好奇心旺盛である。なんでも見てやろう、聞いてやろうという姿勢でよく旅行などにも出かけている。⑤「どうにかなるさ」「これくらいでいいさ」というおおらかな精神のもち主である。⑥自分の足でよく歩く。⑦オシャレである。⑦を除けば全部当てはまるわたし、昨日満74歳を迎えた。幸せな人生に感謝、目指すぞ！　１００歳！

平成20年11月16日（日）

買物中のズボン姿の女性のお尻を携帯電話のカメラで撮影した男性が、最高裁で「人を羞恥させる卑わいな行為」に当たるとして有罪になったが、弁護士出身の田原睦夫裁判官は無罪を主張。理由が面白い。「行動の卑わい性は行為者の主観のいかんにかかわらず客観的に卑わい性が認められなければならず、被告人の行為が『人を著しく羞恥させ不安を覚えさせる行為』に当たるとは認められない。臀部を見る場合ももっぱら性的興味から見る場合もあれば、ラインの美しさを愛でて見る場合、あるいはスポーツ選手の逞しく鍛えられた筋肉たる臀部にみとれる場合等、主観的な動機は様々である。しかし、その主観的動機のいかんが、外形的な徴憑（ちょうひょう）からうかがい得るものでない限り、その主観的動機は客観的には認定できない」。そうです。私などは常にラインの美しさを愛でて眺めております。無罪であります。

平成20年11月22日（土）

麻生さんの「医師には社会的常識の欠落した人が多い」発言を聞いて昔話を思い出した。私が弁護士になったとき、事務所のボス弁から「依頼者の中で医者と教師、女性には気をつけて対応せよ」といわれた。医者は若いときから先生先生とおだてられ、苦労を知らないから世間常識のないのが多い。教師は生徒相手の仕事で他の社会の人とつきあわないので独りよがりが多い。女性は一日たつと考えがコロコロ変わる、と解説してくれた。そして「弁護士も自由業で、誰からも命令されない立場だから自分勝手なヤツが多い。ワシらの若い頃は、弁護士には家を貸すなといわれたくらいや」とつけ加えた。50年たった今、医者も教師も弁護士も、少しは謙虚になったのだろうか。女性に関しては間違いなく変わってきた。グジグジと考え込む女性はほとんど見かけない。今は「若い男」に気をつけなければ。

平成20年12月6日（土）

愛知県の高校で、生徒寮に喫煙場所が設けられていたとして、警察は「県青少年保護育成条令違反（喫煙場所の提供）」容疑で捜索、容疑が固まり次第関係者を書類送検する方針とか。この高校は、不登校などの生徒を指導する全寮制の私立高校だそうだ。普通の高校でも学校でたばこを吸う生徒がいるのに、問題児を集めた高校で「喫煙するな」という指導を守る生徒がいないのは想像がつく。喫煙以外にも時間を守らないとか、授業をさぼるなど、ほかにも指導すべき点はたくさんあるはず。校長が言うように「校外での喫煙」は山火事の危険もあったのなら、他人に迷惑をかけないためにも、決まった場所で喫煙を認めるのはやむを得ないと思う。頭ごなしに生徒を指導するより、太陽政策の方が効果がある。もっとも「禁煙指導室」という名前が悪かった。「自習室」にしておけば問題にならなかった？

平成21年3月28日（土）

大相撲「八百長」報道で週刊現代が敗訴、4290万円という高額な賠償金の支払いと、記事を取り消す内容の広告の掲載を命じられた。裁判長は「取材は極めてずさんというほかない」とケチョンパンにやっつけているから、現代側は「金の受け渡しがあったらしい」程度の話で記事を書いたのではないか。確かに無気力相撲と思われる取組も見かけるが、書かれる方にとっては大名誉毀損。裁判所も納得するような証拠をつかんでから書くべきだろう。金額が大きなことに専門家もびっくりしているが、小さい金額だと「金さえ払えば」という考えにもなる。外国では、懲罰的慰謝料といって、何千万円という金額を認める例もある。現代の編集長は「この裁判で相撲協会に対してさまざまな改革を求める機会が失われることを危ぐする」とコメント。でも、証拠のないことを書いてはいけませんよ。

平成21年4月19日（日）

最高裁で痴漢事件が逆転無罪になった。最高裁は元来「憲法違反」か「判例違反」しか取り上げてくれないが、たまに「量刑不当」や「事実誤認」がひどい判決について高裁の判断を変更することがある。その場合でも、多くは高裁で審理をやり直させる「破棄差戻し」だが、今回は直接無罪と判断した異例のケース。裁判官5人のうち2人が有罪を主張した際どい無罪だった。最近は痴漢被害をデッチ上げて金にしようという不届き者も出てきて、目撃者のいない場合の否認事件は裁判官でも判断に迷う。無罪の判決を勝ち取る条件として①タマ（被告人の人柄）がいいこと②裁判官がいいこと③弁護人が優秀④検察官が無能⑤運、が必要といわれているが、被告人の防衛医大教授は普段からまじめな生活をしていたのだろう（もっとも、この頃はまじめな裁判官でも痴漢をするからなあ……）。乗さん、お互いに普段からまじめな生活をしましょうね。

平成21年5月23日（土）

裁判員制度開始。先日、大阪地裁の裁判員用法廷にある「音声変換システム」を見学した。しゃべった言葉がそのまま文字になって出てくるパソコンである。評議をするときに、これを再現して証人の言葉を確認するらしい。証人役と検察官役のしゃべった言葉が次々と書記官の前のパソコンに文字になって現れる。大阪弁でのやりとりだったが、しゃべった通りに翻訳される（ときどき「おかん」が「お棺」になったりするが）。なんでも大阪弁のデータベースが入っているのだそうだ。鹿児島弁や東北弁もうまく変換できるのかと心配になり、「地方の裁判所ではその土地の方言のデータベースにするのですか？」と聴くと、書記官いわく「地方の人は裁判所では標準語を使うんです。法廷でもどこでも大阪の人は大阪弁しかしゃべりませんから」。大阪の裁判員の皆さん。裁判所で評議するときは遠慮なく大阪弁でやってください。

平成21年7月11日（土）

ＪＲ西の山崎社長が業務上過失致死傷で起訴された。現場の直接責任者でない会社幹部が起訴されるなんて、これまでの検察では考えられなかったこと。被害者感情、世論を気にしたこと、もうひとつは捜査審査会が直接起訴できる制度ができたことが理由といわれている。山崎さんの過失はカーブの線路つけ替えのとき、ＡＴＳ装置をつけなかったことだが、線路改修後8年間無事故だったし、山崎さんは事故の予見可能性を否定しているから、検察が有罪を勝ち取るのはハードルが高い。事故の原因は、運転手が制限速度を47キロもオーバーするスピードで突っ込んだことだが、過密ダイヤと延着運転手への過酷な日勤教育が事故を誘発したと問題になった。だが、現場の運行管理者は不起訴。過密ダイヤ・日勤教育と事故との因果関係を立証するのは困難なのは分かるが、被害者たちも死亡した運転手の遺族も、こっちを起訴してほしかったと思う。

平成21年7月18日（土）

7月16日、東京と大阪でヤメ検弁護士2人に詐欺罪で有罪の判決が出た。元公安調査庁長官緒方重威氏は朝鮮総連から4億8400万円をだまし取ったとして、懲役5年の求刑に対し、2年10月執行猶予付、元特捜検事田中森一氏は、依頼者から「事件が落ち着くまで預かる」として9000万円をだまし取ったことで、求刑6年に対し、3年の実刑。だまし取った金額の大きさや求刑を考えると、いささか身内に甘い判決という気もするが、それぞれ被害弁償をしたらしいから、それはいい。問題は、緒方さんはだまし取った金の中から1億円を報酬として受け取っており、田中さんは預かった9000万円は報酬だと主張していること。前にも書いたが、1億もの金額を報酬として請求できる金銭感覚は、5万、10万の報酬で出発する生え抜きの弁護士にはマネができない。依頼者も、元検事だと高額のお布施を払う気になるのか。私も検事やっときゃよかった。

平成21年11月7日（土）

宝塚音楽学校の生徒が、同期生に「コンビニで万引した」とウソの告げ口をされて退学処分を受けたとして、退学処分の無効と復学を求める仮処分を申請、神戸地裁は今年1月に生徒の主張を認めた。しかし学校側は生徒の復学を拒否したので、裁判所は学校側に復学を認めるまで1日につき1万円を生徒に支払うよう命令。学校はよほどこの生徒が嫌いとみえて、復学よりも金の支払いを続けているという記事が新聞に出てた。強制執行でも、金銭の取立ては物を差し押えて競売してお金に代えることができるが、人の行動を求める強制執行では、間接強制といって「言うことを聞くまで金を払え」と心理的に行動をうながす制度がとられる。学校という教育機関が裁判所の命令に従わないで金を払い続けるというのは異常だが、先日、日教組の大会を右翼の妨害を怖れてキャンセルしたホテルも裁判所の命令に従わなかった。日本は法治国家かな？

平成22年7月4日（日）

少し前の『週刊東洋経済』の弁護士活用法特集記事に、弁護士の善しあしを見分ける7つのポイントが出ている。①時間に正確である。そう、約束の時間も守れないヤツは法律も守れない。②対応が丁寧。尊大で依頼者にエラそうにする弁護士には誠実さがない。③話をよく聞く。要領よくしゃべれない依頼者の話を抑えつけて結論だけを聞こうとする弁護士は、全体的な物の見方ができない。④アドバイスが具体的。⑤説明が分かりやすい。具体的な例をあげたり、法律用語を普通の言葉に直して説明してくれれば素人でも理解できる。⑥難しい見通しも伝える。「勝てます」と断言する弁護士がいるが、相手がどのような証拠を持ってるか分からない。依頼者の話だけでの判断は危険。⑦時間・費用の説明をする。最初に費用がいくらか分からないのは不安です。もう一つつけ加えると、セカンドオピニオンは大事。別の弁護士に相談してみること。

平成22年7月17日（土）

大阪弁護士会は、全弁護士に年間5～6講座の研修を受ける義務を課している。それを怠ると注意処分を受けるので、やむなく少しでも興味のある講座を選んで出席しているが、先日あった「韓国の憲法裁判所」の話は面白かった。韓国では、日本と同じ3審制度の通常の裁判所（地裁・高裁・最高裁）とは別に「憲法裁判所」があって、憲法違反かどうかという判断はここで行われる。日本では、1審の裁判所でも憲法違反の判断はできるが、韓国では、1審で憲法違反かどうかの争いが起こると、裁判所が（裁判を一時停止して）その法律を適用することが憲法違反かどうかの判定をしてほしいと憲法裁判所に持ち込み、憲法裁判所が判定し、1審の裁判所はこれに従って裁判をするというシステム。過去21年間に法律そのものが違憲と判定されたのが207件と日本では信じられない数。最近ではソウルの首都移転が違憲となったが、なんでやろ？

平成22年9月25日（土）

大阪地検特捜部検事の証拠改ざんは、同僚検事の上司に対する報告から検察内部の知るところとなり、噂が広まったようだ。上司が問題なしとしたのは、検察の仲間意識がそうさせたに違いない。大阪府警の警察官が、違法デモをしながら裁判所へ入ろうとした1人を袋叩きにした付審判請求事件で、私は検察官の職務代行をしたが、有罪の決め手となったのが、事件を目撃した現職の検察官の証言だった。この検察官は、事件後、目撃状況を上司に報告し、積極的に捜査に協力したが、上司からは「そんなことをすると出世できないぞ」と忠告された。仕事仲間の警察に気を使ったのだろう。それにもメゲず、検事は法廷でも明確に暴行した警察官を特定した状況を証言してくれたが、その後、検察内部の白い目に耐えかね、辞職して弁護士になっていた。今回、上司に報告した良心ある検察官が、これから検察内部でどんな扱いを受けるのか？

平成22年11月27日（土）

「覚せい剤被告が弁護人」という読売夕刊の見出し。大阪弁護士会のK弁護士は10月16日、覚せい剤約4グラムを所持したとして逮捕され起訴後に保釈された。K先生は逮捕される前に、元暴力団組長の麻薬特例法違反などの事件（覚せい剤を譲り渡したというもの）の弁護人となっていた。こっちの事件は裁判員裁判となっており、公判前の整理手続きを必要とする重大事件。ところで、K先生が自分の裁判で有罪の判決が確定すれば、たとえ執行猶予がついても弁護士資格を失うことになる。11月25日に元組長の整理手続きに現れたK先生は「自分の裁判は量刑不当で最高裁まで争い、元組長の弁護につとめる」と職務を全うする姿勢を示した。しかし、覚せい剤の被告人が同じ罪の被告人を弁護するなんてマンガみたいな話。K先生、自らの体験を生かし、裁判員を納得させるような弁論ができるか？　弁護士会、K先生の判決確定前に懲戒にしないのかなあ。

平成23年3月19日（土）

今回の東北関東大震災は犠牲者が1万人を超えると予想されており、家屋の損害も神戸とは比べものにならない被害のようだ。被災者の皆さまには心から同情申し上げます。阪神震災のあと、神戸へ無料法律相談に行ったが、都会だったことから借地借家の相談が多かった。今回も各地の弁護士会で被災者の無料法律相談を企画しているが、今度は相続問題が多いと思う。というのも、相続関係のある家族が同時に犠牲になったケースが想定され、この場合の相続はちょっとややこしいのである。民法では、今回のような災害で何人かの家族が亡くなった場合（死亡時刻を説明できないとき）は同時に死亡したものと推定するとしている。例えば子供のいない夫婦が死亡した場合、相手が死んだときは自分も死んでいるので、お互い相続できず、その結果、夫の財産は夫の両親か兄弟に、妻の財産は妻の両親か兄弟に行くことになるのである。

平成23年4月23日（土）

裁判員制度の刑事弁護を初体験。公判の前日、裁判所へ集められた裁判員候補者は6～7人のグループで面接を受ける。面接と言っても、裁判官、検査官、弁護人の前で、裁判長が裁判の日程を説明して、参加が可能かどうか確認するだけで、所要時間は約2分。検察官と弁護人は理由も示さずに5人までは「あの人はダメ」と拒否できることになっているのだが、こんな短時間では「どの人がやさしいか」なんて見分けがつかない。怖い顔をした人が案外、心優しい人もある。他の弁護士に聞くと、面接のときに変な質問をしたり、「アクの強い人」がはねられるそうだ。残った裁判員候補について、パソコンで抽選が行われる。書記官が画面の抽選でボタンをクリックすると、瞬時に6人の名前が出てくる。私の事件では出頭した裁判員候補者は38人。確率は6分の1。当選した人はとてもラッキー。皆さん、当たったらご協力ください。

平成23年5月28日（土）

懲役というのは刑務所で強制的に働かされること。働いた人には報奨金として時間給が支給されるのだがこれが安い。バカ安いのである。仕事の内容、熟練の程度によって、1等工から10等工に分けられ、最低の10等工では時給6円30銭（銭単位が使われているのは刑務所だけだろう）、最高の1等工でも時給45円10銭。もちろん、残業とか、技量によって加算はされるのだが（減額もある）平成20年度予算では1人1カ月当たりの平均額は４２００円。これでは出所してからの更正金や被害者への弁償などできるはずがない。ところが今回の大震災に対し、服役者らが自発的に義援金を送ったというニュース。法務省の発表では、千葉刑務所２３１万円（３５９人）横浜刑務所２２６万円（３２４人）京都刑務所２１０万円（２９９人）。自分の1カ月の収入の１・５倍も寄付しているのだ。日本人の優しさをあらためて見せつけられた。

平成23年8月6日（土）

頼まれた仕事を放ったらかしにしたり、依頼者から預かった金を使い込んだりして懲戒処分を受ける弁護士があとを断たない。全国の平均で見ると、２００３年以降、懲戒の申し立ては年間1千件を超えているが、そのうち懲戒処分を受けた人数は60～70人。弁護士の数が毎年急激に増え、司法修習生の就職難で、懲戒される弁護士の数も年々多くなるだろう。懲戒処分は軽い順に「戒告」「業務停止」「退会命令」「除名」の4種類。２００９年の例では、76人の被懲戒者のうち、戒告40人、業務停止30人、退会命令5人、除名1人となっている。年齢層で見ると60～69歳が36人と半分近く、弁護士の経験年数では20～29年、30～39年の両世代が共に21人ずつと同数トップ。ある程度弁護士経験がある世代に不祥事が多いということは、慣れからの油断か、ぜいたくが過ぎたのか。皆さん、弁護士に頼むときは人柄を十分見きわめてからにしましょう。

平成23年8月21日（日）

「接見禁止」という難解な用語がある。容疑者を捕らえて調べる時、弁護人以外の者との面会、手紙のやり取りを禁止する命令。これはこたえる。前科もない人が留置生活を送ると心細くなり、一番会いたいのが家族。その家族との接触を絶たれると気が弱くなり、「家族に会いたかったら吐け！」「否認してたら一生家族に会われへんぞ！」と脅されると、やってないことでも自白してしまう。違法捜査の温床といわれている。接見禁止は面会する人間との接触で証拠隠滅の恐れがある場合、検察官が申し立て、裁判官が命令を出す。本来は証拠隠滅をしそうな共犯者や被疑者など事件関係者に限るべきだが、検察官は弁護人以外の者全ての人との禁止を求め、裁判官も検察官のいいなりが現状。私はかねてから、修習生に接見禁止の留置生活を3日ほどさせ、接見禁止がいかに人権を侵害するか身をもって体験させるべし、と提言しているのだが。

平成24年1月21日（土）

弁護士会から「刑事贖罪（しょくざい）寄付」のお願いが来た。刑事事件で裁判を受ける被告人が、罪を償う意味でお金を弁護士会の法律扶助事業に寄付することを贖罪寄付というが、この寄付額が年々減少。平成16年度には9700万円だったのが、22年は2800万円に。原因は悪いことをするヤツが減ったのではなく、寄付の効果が薄れてきたから。10年ほど前までは寄付すると裁判官は若干刑を軽くしてくれることが多かったが、最近はほとんど、まからなくなった（※まかる＝値引きするの意）。罪を償うというと聞こえはいいが、寄付する方は少しでも刑をまけてほしいからするのであり、効き目なければ金の出し損。金の力で刑が軽くなるなんて金持ち優遇、貧乏人はどうしたらエエンヤ、不平等だという声は正しい。しかし、多額の寄付をして、それがひいては貧しい人のために使われるなら、刑を少しまけてもいいのではないかなあ。アキマヘンカ？

平成24年3月10日（土）

オウムの平田被告をかくまったとして、犯人蔵匿で起訴された斎藤明美被告に、検察は懲役2年求刑をした。犯人蔵匿の法定刑は2年以下の懲役又は20万円以下の罰金だから、検察は法定刑いっぱいの重い求刑をしたことになる。ところでこの犯人蔵匿には「親族による犯罪に関する特例」（刑法第105条）というのがあって「犯人の親族が犯人の利益のためにしたときは刑を免除することができる」ことになっている。「免除することができる」いう表現は「免除しないことがある」という意味だから、罪を問われる可能性はあるが、親族が身内をかばうのは人間の情として考慮するということ。斎藤被告は平田容疑者とは長年内縁関係にあったのだから、籍は入っていなくても、内縁の夫をかばってきた心情は理解してやりたい。自首、持って出たお金を寄付したことから、私は執行猶予相当と思うが、世論を気にする裁判所は1年の実刑か？

平成24年6月23日（土）

読売巨人軍が今度は文藝春秋を相手に訴訟をするという。2006年、原監督が以前つき合っていた女性の日記を買うように脅され1億円を払っていたという週刊文春の報道に、「これもネタ元は清武だ！」と怒り心頭。原監督は1億円を払ったことは認めファンに謝罪したというから、文春の記事はおおむね本当なのだろう。読売が訴訟の対象にしようとしているのは、①原監督のプライバシー侵害、②1億円を受け取ったのはヤクザで、原監督は反社会的勢力に利益を供与したという文春の記事は誤りで、金を受け取ったのはヤクザではなく一般人だという主張。文春の記事は名誉毀損（きそん）に当たるということらしい。しかし、原さんは有名球団の監督、女性のことはもちろん、1億円もの金を払ったことを報じられても文句は言えない。また日記を法外な値段で買えと要求するヤツが一般人であるはずがない。それにしても原監督、お金持ちですなあ。

平成24年8月11日（土）

「サトウの切餅事件」は、越後製菓が四角の切餅の側面に切り込みを入れたものの特許をとった（焼いても型崩れしない）が、サトウ（佐藤食品工業）が側面と上下面に切り込みを入れた餅を売り出したのが特許侵害に当たると訴えた事件。一審はサトウが勝ち、二審で越後が逆転勝訴。勝敗の分かれ目は越後の特許の範囲を示した日本語。その記載は「切餅の載置底面（下面）又は平坦上面（上面）ではなく側周表面（側面）に切り込みを設ける」となっていた。一審判決は、この表示は上下面に切り込みを入れることを除外する意味だとして、上下面に切り込みのあるサトウの餅は特許侵害に当たらないとした。控訴審は「上下面ではなく」の次に句点「、」がないから、これは次の「側面」を説明する修飾語であるとし、側面切り込みのあるサトウの餅は特許侵害に当たるとした。日本語は本当に難しい。近いうち、最高裁はどんな判断をする？

平成24年12月1日（土）

競馬でもうけた所得を申告しなかったとして起訴された会社員が、外れ馬券に投じた金額を経費として認めてほしいと主張したという新聞記事。平成7～9年にかけて総額28億7000万円の馬券を購入、30億1000万円の払い戻しを受けた彼に、経費として認められたのは当たったレースに賭けた金額だけ。外れたレースの馬券代は経費として認められず、結局6億9000万円の脱税という起訴額となった。根拠は所得税法が「必要経費とは収入の発生に直接要した金額」と定めていること。ハズレたレースは「直接」とはいえないというわけ。しかし、競馬をやる人間としては、ハズレたレースを参考に次のレースに挑戦するもの。必要経費として認めるべきだと思う。競馬の収支はトータルで見るべきだ。株式などではその年の売買トータルで申告できる制度があるのに。この会社員は独自の予想ソフトを開発した上での結果とか。そのソフト、売ってください。

平成25年3月17日（日）

静岡地検沼津支部の女性検察事務官が、不倫同棲相手に捜査情報を漏らしていたという記事を見て西山事件を思い出した。40年ほど前、毎日新聞の西山記者が外務省の女性職員とねんごろになり、彼女から沖縄の日米合意の秘密文書のコピーを受け取って社会党議員に渡し、国会で質問されて秘密漏えいが明らかになった事件である。この件は小説にもなり、ドラマにもなったが、西山さんが刑事処罰を受けたことで、報道の自由を侵すとして話題を呼んだ。今回の検察事務官の件では報道の自由の問題はないが、愛する男のために公務員としての職務違反をあえて犯した女性という点で共通点がある。相手の男は、自分を愛する女性の立場が危うくなるのを承知で、この秘密を他に漏らした点も同じである。西山さんは新聞記者として国家の重大事で公共のためにやったというかもしれないが、相手の女性を裏切ったのは一緒。女のサガは悲しいですなあ。

平成26年3月1日（土）

平成20年4月、名古屋高裁は自衛隊のイラク派兵訴訟で、派兵が憲法に違反するという画期的な判決をした。高裁判決にしろ、違憲といわれた国は上告したかったのだが、高裁判決は原告住民らの請求「派遣差止め」「損害賠償」などを全て認めず、結果的には国が勝訴していたため、国は上告することができず、原告も上告しなかったので、この判決は確定してしまったのである。右寄り一直線の安倍さんは憲法改正をもくろんでいるが、改正には時間がかかるとみて、憲法の解釈を変え、集団的自衛権の行使をできるようにしようとしている。しかも、憲法の解釈の最高責任者は総理大臣にあると強硬姿勢。が、ちょっと待て。憲法第81条には「法律や処分が憲法に適合するかしないかをきめるのは最高裁判所」とはっきり書いてある。総理大臣には違憲合憲をきめる権限はないはず。でも、選挙無効も言えない最高裁。安倍さんになめられてる？

平成26年10月26日（日）

シリアに渡り、イスラム国に加わろうとした若者が現れた。この件で脚光をあびたのが刑法第93条。「外国に対して私的に戦闘行為をする目的で、その予備、又は陰謀をした者は、

3月以上5年以下の禁錮に処する。ただし、自首した者は、その刑を免除する」。刑法では外国との関係に配慮した罪の規定があるが、ほとんど使われることがなく、司法試験にも出ないので、弁護士はこのへんを勉強したことがない。よく使われるのは「外国国章損壊罪」。国旗を破ったり焼いたりする行為で、こちらは2年以下の懲役または20万円以下の罰金。ただし、外国政府の請求（一種の告訴）がなければ起訴することができない。昔、大阪で、ベニヤ板で中国総領事館玄関の国章を隠した事件について、国章を傷つけたものではないが、効用を滅却させたとして有罪になった例がある。反日の近隣国さん、あなた方の国にはそんな法律ありまへんのか？

©谷本亮輔

時事モノ

平成17年8月20日（土）

豊がイギリスで騎乗停止処分になった。理由がムチを使って馬を虐待したというから驚く（そんなら騎手にムチを持たすな！）。ムチで叩いて虐待なら、殺して肉を食べるのはどうなるんだ。動物愛護団体の連中は、全員ベジタリアンか。捕鯨についても日本やノルウェーは世界中から目の敵にされているが、資源保護という理由より、動物愛護団体の声が大きいらしい。日本にも「動物の愛護及び管理に関する法律」（通称動管法という）があって、「愛護動物（馬も入ってる）をみだりに殺し、又は傷つけた者は、1年以下の懲役又は百万円以下の罰金」に処せられる。でも競馬でムチを使うことを禁止されたらレースにならない。こんなアホな主張がイギリスの競馬界に通用するのはおかしいと思うが、人権とか、動物愛護など、建前を主張する団体に弱い風潮は、日英共通なのかもしれない。

平成17年10月16日（日）

個人情報保護法は、他人の情報を管理する者が、その情報を本人の了解なしに他に流すのを防止しようという法律だが、この法律ができてから、個人が自分の情報を他人に知らせたくない、いわばプライバシーを守ろうとする風潮が出てきた。昔、弁護士名簿には自宅の住所や電話番号が載っていたが今は事務所だけ。夜中に用事を思い出しても電話もかけられない。この頃は同窓会名簿にも自分の情報を書かれたくない人種が増えているとか。確かに同窓会名簿は会員の手に入ると簡単に外部に流れる。でも、学生の頃、就職活動する際には、同窓会名簿で希望会社にいる先輩を見つけて訪ねて行ったものだ。先日、自治会を脱会したマンションの住人に、自治会側が自治会費の支払請求をしたが、裁判所は、自治会は任意加入団体であるとして請求を認めなかった。殺伐としてきた世の中です。アーア。

平成17年10月30日（日）

電車で見つけた日能研の広告に洛南高校附属中学の国語の入試問題が出ていた。『敬語にはうやまう言い方とへりくだる言い方とがありますが、次の①～③のことばの敬語の言い方を□に漢字一字を補って完成し、その漢字を答えなさい。また、できあがったことばが、「うやまう言い方…A」か「へりくだる言い方…B」を記号で答えなさい。』例として「会う」…「お□にかかる」。答え「目・B」。①「来る」…「お□えになる」②「寝る」…「お□になる」③「見せる」…「ご□にいれる」。下の方に小さな字で答①「見・A」②「休・A」②「覧・B」。中学入試にしては難しい問題だが、国語というよりもしつけの問題みたい。普段、親がこんな言葉を使っていればすぐできるが、この頃の親は敬語なんか使わない。

大学生でもできないヤツがたくさんいる。大学入試でもこんな問題どうだろう。

平成17年11月12日（土）

準ミス日本の金山梨紗さんが、司法試験に合格したというスポニチの記事、写真を見ても美形だが、身長1メートル70、B80、W53、H80のスタイルはモデル級。天王寺高校から京大経済に現役合格、途中で司法試験を目指すことに。今年1月に準ミスに選ばれてからは、イベントに参加しながら勉強したというからスゴイ。コンテストで「頑張って合格します」という宣言通り26歳の若さで公約実行。司法試験も年々女性の合格者が増えて、私の事務所で修習する女性も美人ぞろい。しかも学業の方もなかなか優秀だ。神さまは本当に不公平、2物どころか3物（性格までいい）も与えられる人もいれば、1物も与えられない人もいる。金山さんが弁護士になったら、拘置所から面会希望が殺到するだろう。

平成17年11月19日（土）

準ミス日本につづき、元Jリーガー（ガンバ大阪）の八十祐治さんの司法試験合格のニュース。合格者が大幅に増えた昨年、今年も合格率は3％台、日夜法律漬けにならないと受からない。法律しか知らない世間知らずの裁判官、検事、弁護士が多くなる中、こんなユニークな人達が我々の仲間になってくれるのはうれしい。最近、大阪弁護士会にもサッカーチームができて、対外試合をしてる。全国の選抜チームは世界大会にも出場。世界大会といっても弁護士のサッカー大会だが、本場のヨーロッパチームは八十さんのような経験者ばかり。残念ながら日本チームはいつもブービー争い。八十さんは弁護士志望とか、彼の加入で日本チームの力はグンと上がるだろう。司法試験の合格者に「サッカー枠」を設けて毎年何人か合格させれば、将来、日本も世界で優勝争いができるかもしれない。

平成18年4月23日（日）

「名人戦」が毎日から朝日に移るという話、正式には5月26日の棋士総会で決まるそうだが、どんな決着がつくのか興味がある。将棋連盟は財政難で、毎日より数段いい条件を出した朝日の札束攻勢にコロリとなったらしい。問題は、長年続いていた毎日との契約を（事前の交渉もなく）一方的に解消すると通知した連盟のやり方。通常なら「朝日からこれこれの金額の提示がありますが、毎日さんも同じ条件にしていただけませんか」と聞いた上、毎日が断ってから朝日と交渉するのが常識。将棋というと保守的で、義理人情の世界と思われるが、若い棋士が増えて、ドライに金銭だけで割り切るようになったのだろうか。朝日新聞といえばいつも「新聞は公器」と正義の味方ぶったことばかり言ってながら、今回はホリエモンのやり方と一緒。所詮、新聞社も商売人と馬脚を現した。なにが公器だ！

平成18年5月14日（日）

給与のお手盛りだけでなく、大阪市の同和団体に対するいろいろな利益供与が連日報じられている。逮捕された理事長の罪名は、同和団体の金を勝手に使ったという業務上横領で、これを手伝った銀行員も共犯として捕まった。しかし、それは銀行上層部の指示というのだから担当者はかわいそう。次々明るみに出る市と同和団体とのゆ着の実態を聞いてあきれるばかり。税金を特定の団体に何十年もタレ流し、これを知りながら止めようとしなかった市幹部の責任は重い。刑法第２４７条（背任）には「他人のためにその事務を処理する者が、自己若しくは第三者の利益を図り又は本人に損害を加える目的でその任務に背く行為をし、本人に財産上の損害を加えたときは5年以下の懲役又は50万円以下の罰金」とある。市幹部が黙って見過ごした行為はこれに当たる。民事上の責任だけでなく、検察は役人どもを逮捕して起訴したらどうだ。

平成18年7月30日（日）

夏の甲子園秋田代表の本荘高校の監督が、高野連から始末書をとられた。準決勝戦で本荘は7回表まで12対1とリード。このまま7回を終了すればコールドで勝てるというところで大雨。1死でランナーが二塁にいるのに監督は選手に「ボールを振って三振をして来い」と通達。選手は通達通りに三振、結局コールド勝ちした。わざと三振を命じるとはアンフェアだと高野連にお目玉をくった。以前、明徳の監督が、松井秀喜を5打席敬遠してブーイングを受けたが、このときは始末書をとられなかったはず。監督にしたら、せっかく勝利目前となって、雨で再試合にでもなれば、たとえ再試合に勝っても決勝戦で不利になる。早く終わらせろ、は当然の判断だと思うが、「フェア」を旗印とする高野連はお気に召さなかったらしい。ホリエモンや村上も、高校野球でフェアプレーを勉強するべきだったか。

平成18年9月2日（土）

大阪市につづき京都市でも同和行政が問題になっている。大阪市の芦原病院への不正融資、銀行からの融資を求める公文書にウソを書いたりと背任、詐欺の成立は明らかなのに刑事訴追はされそうにない。市グルミの犯罪だから、最終的には市長に及ぶという政治的配慮か。同和と行政のゆ着は「泣く子も黙る」といわれた同和の集団による糾弾行為に行政がビビリ、同和と名がつけば何でも要求を通してきた無責任さが原因だ。これを知りながらマスコミも同和団体とのトラブルを恐れ、この問題を取り上げてこなかった。糾弾はなやかなりし頃、ある同和団体幹部は私に「こんなことを続けたら、我々の本当の運動が誤解され、自分で自分の首をしめてしまう」と心配していたが、その通りになった。流れが変わったと見て取ったマスコミはひょう変、一斉に同和タタキ。みんなで書けば怖くない？

平成18年9月24日（日）

国旗に向かって起立し国歌斉唱するようにという東京都の通達が思想・良心の自由を保障した憲法に違反するという東京地裁の判定について議論が分かれている。私は戦中派で小学校時代、この儀式を強制されたのだが、現在国旗に起立したり君が代を歌うことはサッカーなどで当たり前のこと。そのことで軍国主義になるとは思えない。最近のガキどもの無法無軌道ぶりを見ると、日本という社会（私は国とはいわない）を自分たちでよくしようという意識を持たす意味でも、学校教育でこの程度のことは必要だ。一般の私人が国旗に起立したり、君が代を歌うことを強制されるなら思想・良心の自由を侵されたというのは分かるが、教職員がその職務を自己の思想の自由を侵すという理由で拒否する方がおかしい。スイスでは国民の議論を2分するような問題は国民投票できめるという。日本もやったらどうだ。

平成19年1月27日（土）

証券会社の日興が、総会屋に利益供与をした不祥事で辞めた元役員を子会社で顧問として雇い、給料を払っていたことが問題となっている。会社のために犠牲になったという意識が上層部にあったのだろうが、鉄砲玉が懲役に行って帰って来たら出世するヤクザの世界と似ている。官公庁や大会社では「組織」という意識がものすごく強く、組織に歯向かう者には一丸となって抵抗。不祥事が起こったら上層部まで及ばないようトカゲのシッポ切りをはかる。このごろは調査委員会を作って真相を究明なんてポーズはとるが、委員になるのは会社や官庁のお眼鏡にかなった人ばかり。本気で調査するなら利害関係の全くない、外部の公正な人が調査するのでないと意味がない。先だっても大阪府で、顧問弁護士が委員になって問題となった。ヤメ検のこの弁護士、公正さを疑われることは頭になかったのか。

平成19年3月18日（日）

神戸で弁護士事務所が襲われ、女性が大ケガをした事件、犯人は離婚事件の相手方のDV男だった。弁護士が刺されたりしたことはあったが、今回のように事務所の女性の頭をカナヅチで殴るなんでムチャクチャだ。厳罰に処してもらいたい。昔、私も家の明け渡し強制執行で相手のオッサンからこん棒持って追いかけられた。俊足を生かして（当時は若かった）逃げ切って難を免れた。倒産した会社を見に行ったら暴力団が占拠していて、20人余りに取り囲まれ監禁されたこともあった。弁護士でも民事暴力を相手にするのは怖いし、やりたがらない人が多いが、血の気の多い私は好んでやっている。以前、代紋をちらつかせるヤクザ相手に引けなくなった私は言った。「あんたらのはヒシやけど、わしもひまわりの代紋持っとるんや。代紋怖くて商売でけへんわ」。兄貴分が出て来て話はついたが、コワカッタ。

平成19年5月19日（土）

財界展望新社刊『ＺＡＩＴＥＮ』6月号に「弁護士淘汰時代」と題する特集がでている。これからの勝ち組は弁護士を２００人以上もかかえる東京の巨大事務所で、小規模事務所は食べられなくなるらしい。東京3会弁護士の納税ランキングを見ると１００位までのほとんどが大規模事務所の弁護士。1億円以上の納税者は11人もいる。新聞をにぎわす会社の合併、買収劇に関与することで多額の報酬が入り、顧問料だけでも相当な額になるのだろう（大阪では1カ月5～10万円の顧問料が相場だが、東京では1けた違う）。弁護士志望の修習生も巨大事務所を希望する者が多い。しかし収入は多くても、会社法務というのは机の上の仕事がほとんどで、私は本来の弁護士の仕事ではないと思ってる。困った人、お金のない人を助ける赤ひげ弁護士こそ本当の弁護士。弁護士を目指す若者たち、赤ひげ弁護士になれ。

平成19年5月26日（土）

憲法改正の国民投票法が成立したのに、一方で安倍さんは今の憲法のままで集団自衛権の行使が可能がどうか検討するといい出した。御承知のように憲法は「国際紛争を解決する手段としての武力行使と戦争を放棄し」、「陸海空軍その他の戦力を保持しない」とうたっている。自衛隊の違憲状態は明らかだが、政府は「日本が攻撃されたときに自衛することは許される」としてきた。集団自衛なんて言い出せば、イラクの戦争に自衛隊を派遣することも可能で（現に派遣していたが後方支援であって戦争に加わるのではないと説明している）、こんな拡大解釈は無理な話。赤信号で進行すれば違反だが、緊急の事情があれば赤信号で渡ることも許される、さらに、車が来なければ赤でも渡れると解釈するようなもの。憲法改正なしに集団自衛権の行使は無理だが、安倍さん、どうしてそんなに戦争したいのか。

平成19年10月14日（日）

国会論戦が面白い。朝10時頃家を出る私は、いつもNHKテレビ中継を車で聞いている。これまで野党の質問には木で鼻をくくったような答弁をしてきた政府側が、まともに答弁しないと衆院選でも負けると思い、まじめに答弁、論争がかみ合ってきた。福田総理の答弁は官僚作文中心だが、突っ込まれるとオトボケ、皮肉でうまくかわすところは面白い。人を小馬鹿にしたような笑いはいけ好かんと思っていたが、見慣れると独特の味がある。目立ったキャラは石破防衛大臣。指名もされないのに手を上げてシャシャリ出てきて、ピンボケ（わざと）な答えで時間かせぎで質問を封じ、ヤジられようが突っ込まれようがカエルの面ション。知的とは程遠い人相だが、国防を任せられる存在感。くだらんお笑い番組ばかりのゴールデンタイム、国会は夜に開いて中継したら国民がもっと政治に関心を持つのに。

平成19年12月1日（土）

守屋前次官と一緒におねだり夫人も逮捕された。夫人主導でダンナともども接待を受けたといわれているし「ボクちゃん、宮ちゃんのいう通りしてあげて」なんて言ったのではないかという疑いがあるのかもしれぬ。女性が逮捕された場合、取り乱してベラベラしゃべるタイプと、のらりくらり体をかわして本当のことを言わないタイプがあるが、写真から受ける印象では幸子夫人は後者に見える。逆にボクちゃんの方は面だましいは怖そうだが意外とナイーブ。しゃべると決めたら全部しゃべりそう。細かいことまで日記につけていたというから利権政治家たちは首筋が寒かろう。検察がおねだりさんを逮捕した理由は、収賄の実態解明ではあるが、もう一つ、夫人を司法取引に使うことではないか。「奥さんを助けたければ政治家の名前を言え」。ありそうではありませんか。こんな司法取引ならＯＫだ。

平成20年7月19日（土）

うなぎの偽装事件、ガサ入れは行われたが逮捕はまだ出ない。新聞によれば、中国産を「一色産」の表示で売った魚秀の社長は親会社の課長。偽装うなぎを買って売りさばいた「神港魚類」の窓口も課長だった。課長同士でこんな大そうな犯罪ができたのかと疑問に思うが、一連の報道で面白かったのは、コトがバレかけたとき、神港の課長と魚秀の社長の間で「神港の課長が責任をかぶるかわりに魚秀が1億円払う」という約束をしたが、課長が電話でヨメさんに相談して逆にたしなめられ、話は不成立という記事。責任を1人でかぶることは職を失うことだし、1億円という大金を受け取るのも気がとがめる。しかし、男たるもの、女房に相談しないと何もできないというのも情けない話だが、この場合ヨメさんが偉かった。「ヤメナサイッ!」と一喝され、「ハイッ」と返事した課長の姿が目に浮かぶ。

平成20年12月27日（土）

マクドの新商品「クォーターパウンダー」の発売で、店側はアルバイト1000人を雇って客として並ばせ、人気をあおったという記事。テレビニュースでも1キロ以上の長蛇の列が映っていた。1日で1万5000人が来店したというから、アルバイトに徹夜させた効果はあった。マクドは「モニター調査だった」として、やらせを否定しているそうだが、モニター調査なら、来た客にアンケートを取るアルバイトを雇った方がいい。商売だから「やらせ」があってもいい。昔、大道で商売をしている香具師は、必ず「サクラ」という客役がいて、適当なところで「買った!」と声をかけて見物客の買い気を誘っていた。サクラは日本の伝統だ。それにしても日本人は、それが何であれ、人が並んでいると一緒に並びたくなる付和雷同人種。マクド位なら害はないが、「戦争だ!」といわれて付和雷同は困る。

平成21年7月12日（日）

少し前のことだが、札幌でスナックのママとして年上のホステスを使い、店を取り仕切っていた女子高校生が、無許可で営業していたとして風営法違反で逮捕されたという記事が出てた。少女は札幌市内の定時制高校に在籍しながら、16歳ごろからホステスとして飲食店で勤務。1月からはママとしてホステス7人を使い、売上金の管理や従業員採用も任されていた。将来は自分で店を持つことも考え、食品衛生責任者の資格を取得、新たに飲み放題メニューを設定するなどして月約200万円を売り上げていたという。彼女は「最近1年間は通学しておらず、仕事との両立が面倒だった」と言っているそうだが、ナーニ、その若さでそれだけの才覚があれば学校なんぞ行かんでもヨロシイ。水商売でも社会人としての知識は十分つきます。しかし、それだけ水商売向きの彼女、取り調べの警察官に「出所したら店に来てちょうだい」と集客運動をしているかも。

平成21年12月27日（日）

今年のトップニュース「政権交代」をネタにした的場作川柳です。「風呂敷を　拡げてみれば　ハンカチに」。権力の座についた民主党、国民受けを狙った政策も、予算で大幅修正。大風呂敷もハンカチ大に小さくなった。「与党ボケ　治らぬうちに　ご臨終」。一方の自民党、与党ボケで野党としての対応ができないまま離党者相次いで崩壊の危機。「仕分人　S

で官僚　Mになり」。テレビで人気だった事業仕分けはまるでSMゲーム、イジメ役仕分人とイジメられ役の官僚はデキレースのようにお互い楽しんでいた。「ダムムダダ　ムダはダムダム　ダムはムダ」。前原国交大臣の八ッ場ダム視察もテレビのやらせが入っていた。「ヒトラーも　一目を置く　幹事長」。小沢幹事長の剛腕ぶりはますます強大に、周りの茶坊主の数は増大。ところで皆さんの家庭では奥様の権力は絶大。「性権は　とうの昔に　交代し」。来年もコラム頑張ります。よろしく。

平成22年3月14日（日）

沖縄返還に当たり、日本がアメリカの連銀に6千万ドルを無利息で25年間預けてその金利分相当1億2千万ドルをアメリカに提供する密約があったと政府が公表した。外交では表に出ない裏取引があるのは当たり前だし、戦争に負けた国が領土を返してもらうのに金を払うくらいは仕方がないだろう。密約になったのは国民感情に配慮したと思えば、沖縄返還という実を取ったことは間違ってなかった（以前北方4島を金で買い戻せと主張した政治家もいた）。預けた金がその後日本に返されたかどうかの発表がないのは気になるが、問題は密約文書がアメリカではちゃんと保管され、後日公開されるのに、日本では文書が破棄されたり、公開されないこと。自民党の歴代内閣は「密約は存在しない」と隠しつづけた。政権交代が公開されなければ永久に明らかにならなかった。普天間問題、アメリカとの交渉は難航が予想される。

鳩山さん、密約はないでしょうね。

平成22年3月28日（日）

「21世紀枠に負けたのは末代までの恥」の名セリフを吐いた開星監督が辞任。一度は続投宣言をしたのに辞めることになったのは、マスコミの袋叩きに加え、学校に対してもブーイングの嵐が殺到したからだろう。試合後のテレビのインタビューに無言で立ちつくす野々村監督の顔を見たが、あの心境はそういうことだったのかと私は同情してる。彼は「21世紀枠」の存在を批判しているのではなく、「21世紀枠で選ばれるような弱いチーム（これは常識だ）」と言った点で相手を侮辱したことになり非難されたのだ。しかし、弱いチームが強いチームに勝つことは名誉なことであり、向陽の勝利は「末代までの名誉」となるわけで、「お前のところは弱い」と言われても腹は立たない。野々村さんは辞めなくてよかったのに。それより、発言が載った同じ社会面に出た「開星教諭、女子トイレ隠し撮り」の記事の方が生徒達にとって恥ずかしいなあ。

平成22年4月11日（日）

プロ野球解説者の与田剛さんが不倫スキャンダルに見舞われている。週刊誌の記事でエライなあと思ったのは、女性誌に第一報が出たあと、弘子夫人が「あなたがしゃべるのは良くない。私に一任して」と取材を一手に引き受けたという話。クリントン大統領の不適切な行為のあともヒラリーさんが取材でカバーした。不倫がバレたピンチを救うのはやっぱり女房。不倫相手は捨てられたとたんにヤケクソになって家庭や勤務先にバラスとおどしに出る。このとき奥さんが前面に出て不倫相手に立ち向かうと、不倫の弱みのある相手はタジタジとなる。勤務先にも奥さんが出かけ「主人の恥ですがゲキ退してください」と頭を下げると（上司や同僚にバカにされるが）会社は奥さんの顔を立てて守ってくれる。弘子夫人の好リリーフで与田さんは助かった。しかし内心腹を立ってるのを押さえる女房はコワイですぞ！ 与田さん、一生弘子さんに頭が上がりませんよ。

平成22年7月3日（土）

楽天の三木谷社長が「社内で使う言葉は総て英語にする」と自ら英語でしゃべっていた。ネイティブな発音ではなかったが、流ちょうな英語だった。ユニクロでも2年先には社内語は英語にするそうだが、世界中に進出する企業では、この傾向がますます増加するだろう。しかし、英語ができなくても交渉能力のある人間はいるし、英語ができるからといってその人物が会社に役立つとは限らない。昼休みに日本人同士で「Where shall we have lunch？（どこで昼メシにする）」なんてバカバカしい。日本語重視派（というより英語デキナイ派）の私としては、若い連中に「もっと日本語を勉強しろ」と言いたい。まず小中学生を教える先生たちに日本語を再教育する必要がある。昔、英会話の先生に「日本語の上手な人は英語も上手になります。マトバサン、アナタ、ダイジョウブ」と言われたことがある。けど、うまくならんなあ。

平成22年7月18日（日）

横浜で弁護士が離婚事件の相手方の男に刺されて死亡するという事件が起こった。弁護士が脅されたり暴力を受けるケースは激増していて、日弁連の調査によると、平成8年から21年までの間に、全国で57件の被害（弁護士並びに事務員）が報告されている。多いのは相手方が暴力団、右翼。事務所や自宅の近所を街宣されたり、刃物を出して脅されると、弁護士のバッジをつけていても怖い。しかし、最近もっと怖いのは素人の相手方。思い込みが激しく、キレやすい相手方と交渉するのは気が重い。「ベンゴシ！」というイメージをできるだけ出さないよう、相手の言い分を牧師さんのような気持ちで聞いてやらないと、突如襲われることになる。さりとて、相手の主張に対してこっちの言い分もはっきり言っておかないと、相手がつけ上がる。法律の勉強より、社会経験が大事とつくづく思う。皆さんが思うほど、弁護士の仕事、楽やおまへんで。

平成22年7月25日（日）

金賢姫さんが特別機で来日、ヘリで東京都心上空を遊覧飛行したという批判があるという新聞記事。準国賓級の警備を受け、テレビでもそうだが、マスコミは彼女のことを「金元死刑囚」「金元工作員」という表現で呼んでいたのが気になる。逮捕されたとたんに○○容疑者、起訴されたら○○被告という呼び方をするのと同じ思考で、航空機爆破、旅券偽造という大罪を犯した犯人を、さんづけにするのは不適当という発想なのだろう。しかし、日本政府が（どんな魂胆かは別にして）準国賓待遇で招待した客人を、「元死刑囚」「元工作員」と呼ぶのは失礼な話。「金賢姫さん」の方が聞きやすい。コラムで以前紹介した、元裁判官で60歳を過ぎて小料理屋を開いた岡本健さんは、裁判官時代に被告人をいつも「○○さん」と呼んでいた。無罪判決を受けたとたんに、被告からさんに豹変（ひょうへん）するマスコミの自主規制、なにか変だと思いませんか。

平成22年11月6日（土）

先日、読売新聞に、大阪府大が文系の学生全員に教養科目で数学の単位取得を義務付けることになったという記事が出てた。原因は、15歳を対象にした国際学習到達度調査のテスト。盗難事件の統計を示すグラフで、増加分を強調して「盗難激増」と伝えたテレビ報道は適切かが問われたのだが、グラフをチェックすれば前年508件から7件増えただけだった。「激増」とはとうていいえない数字だが、日本の正当率は13カ国10位と低かった。府大の数学担当の岡本真彦准教授は「多くの教官が、学生の論理的思考はどんどん低下していると実感したことが数学必修化につながった。数学を読み解く力があるかないかで、思考の質に大きな差がでる」とおっしゃる。今後は、文系学生の多くが高校でとらない微分、積分や線形代数（いったいなんのこっちゃ）も必修になる。しかし「激増」って数学の問題じゃなくて国語の問題だと思うけど。

平成22年12月5日（日）

海老蔵ブン殴られ事件はテレビの視聴率、週刊誌の売り上げに大いに貢献している。事実が明るみに出るにつれて、被害者だった海老蔵さんが、大酒飲みの酒乱で、人を見下す鼻もちならないヤツと分かり、マスコミの論調は、美人のヨメをもらったことへのヤッカミもあってか、「ザーマミロ」一色。私もザマミロ派だが、私の対象は海老蔵さんの収入。週刊文春は、海老蔵さんが元阪神の赤星選手に「俺なんか、国から60歳まで2億円もらえる」と自慢したと報じているが、事実なら民主党に仕分けをしてもらわねばならぬ。相撲と一緒で、歌舞伎役者にはタニマチがいるそうだが、タニマチは一緒に食事をした場合「ご祝儀」をつつむのが常識。エビゾーめ、それで飲み歩いているのだろう。チクショー！　こっちは税務署さん、しっかりやってくれ。今回の顔面手術代、相当かかっているだろうが、役者だから必要経費になるのかなあ。

平成23年2月19日（土）

先週の週刊ポストに今、「離婚式」なるものがはやっているという話が出てた。いがみ合って別れる人はそんなことしないから、円満離婚というべきか。日本初の離婚式プランナー寺井広樹さんによると、離婚式の基本料は5万5千円（意外に安い）。仲人ならぬ「裂人（さこうど）」が立ち会い、参列者はご祝儀ならぬ「御終儀」を持参。式は離婚の経過説明から始まるが、浮気が原因などの場合は表現に苦労するとか。2人からのひと言というコーナーがあり、新婦が養育料や財産分与の話を参列者に披露したりする。夫婦最後の「共同作業」は「独身にかえる」という意味を込めてカエルのついたハンマーで結婚指輪を叩き壊す。別れた妻が「私は新しい相手を見つけられるけど夫はこのままでは一生一人かも」と彼女を紹介するケースもあるが本音は「夫につきまとわれないため」。女は怖い。昨年は53組も扱った寺井氏。日本は平和です。

平成23年5月8日（日）

オサマ・ビンラディンがアメリカの特殊部隊に殺された。ゴルゴ13みたいに鮮やかな手口で、アメリカは勿論、テロを警戒する各国からも「よくやった」と称賛の声が挙がっている。が、私は今回、アメリカのやり方に賛成できない。他国の領土内で国軍を使い、武器を持っていなかった人間を射殺するなんて主権侵害、野蛮そのものである。おそらくパキスタンには事前に暗黙の了解を得ていたのだろうが、パキスタンは殺すことも容認していたのだろうか。昔、日本でも金大中氏が韓国の特殊機関に拉致されるという事件が起こり、国際問題になったことがある。アメリカという国は「民主化」を世界中の国に押し売りしているが、私には自国に都合のいい場合にだけ利用しているように見える。キリスト教は「仇を恩で返す」という教えだと思っていたが、今回の復讐劇で「目には目を」のイスラム教と同じだと分かった。

平成23年6月12日（日）

関西電力が、来月から家庭も企業も一律15％の節電を要請した。福井県の原発の再稼働のメドが立たないとの理由である。しかし、私には「再稼働を認めないと困るのはおまえ達だ」という脅しにしか見えない。大阪の橋下知事も関西電力が、過去の電力需要のデータを出すように要請したのにこれを無視し、データを示さずいきなり節電要請をしたことに腹を立てている。福島から遠く離れているから、関西圏では直接の影響は免れているが、福井で原発事故が起これば関西は滅亡してしまう。あり得ない事故を前提にした対策が出来るまで、再稼働を許してはならない。節電ということは電力会社の売り上げは減る。やってやろうじゃないか。暑いのを我慢して、うちわを使おう。コンビニなんか、午後11時に閉めて電気を消せ。朝は5時に開ければ25％の節電になる。夜早く寝れば人口問題も解決するかも。電力会社の金もうけと根くらべだ！

平成23年7月2日（土）

滋賀県で起こった殺人事件で、警察が逮捕協力を求めるチラシを作ったが、チラシに使われた写真が朝日新聞の記者が撮影したものだったことが分かり、朝日新聞の編集局長が「取材結果を報道目的以外に使わない」という社内規定に違反したとして「関係者に対し厳正に対処します」と公式見解を発表したと週刊新潮が伝えている。が、待てよ！　殺人事件の容疑者の写真を警察に提供することが「厳正な処分」をされるほど悪いことなのか。容疑者はまもなく逮捕されたそうだから、提供した写真の効果もあったに違いない。取材源の秘密を守る意味で、取材事項が報道目的以外に使われることはよくないが、時と場合による。殺人という重大案件に、記者が逮捕に協力して何が悪い。表彰してもいいくらいだ。ルール違反も場合によっては許される。ルールばかりを気にして、被災者に義援金の支払いを遅らせているお役所、時と場合を考えなされ。

平成23年7月9日（土）

九州電力が、佐賀県の玄海原発運転再開の是非を問うため、県民に向けた説明テレビ番組で子会社に対し「市民になりすまして再開支持のメールを送るよう」指示していたことがバレ、全国の原発運転再開が難しくなって来た。原発再開に向かってナリフリ構わぬ電力会社の姿勢が浮かび上がり、恐らく他の電力会社も同様で、信用ならないと思った国民が多いだろう。九電の社長の記者会見はこの不信感に輪をかけた。「社長が指示をしたのですか?」という記者の質問に対し「私が指示したかどうかということも含め、誰が指示したかということはお答えできない。誰が指示しようと私の責任だ」と開き直り、部下の差し出したメモを見て、「私が指示したことはありません」と自己の行為を否定した。誰が指示したかということは、責任の所在を明らかにする重大な事実。これをあいまいにしたまま、会社の隠ぺい体質を変えることはできない。

平成23年7月30日（土）

中国の高速鉄道事故、衝突の原因も調べずに事故車両を叩きつぶして現場に埋めるという行為に世界中がビックリ。被害者救済よりも運転再開を優先する中国政府のやり方に、中国国民からも猛烈な怒りの声が起こっている。驚いた政府はあわてて埋めた車両を掘り起こし、またまた世界の失笑を買った。中国が国民の命を大切にしない国であることを、この事故は世界中に知らせたが、炭鉱爆発、公害などについての政府の対応に対する国民の不満は各地で爆発寸前。こんなとき、国は国民の注意をそらすために外国と戦争をすることが多い。危険な国である。今回の事故で、地元の弁護士会が会員弁護士に「事故の被害者側につかないよう」という通知をしたと報じられた。弁護士という職業、正義のためには権力にも立ち向かうのが仕事。それが政府の圧力に屈するとはまさに自殺行為である。中国の弁護士、被害者救済のために立ち上がれ！

平成23年8月20日（土）

私の住む河内長野市南花台地区には小学校が2つある。この2つの小学校を統合することになり、準備委員会なるものができた。保護者、教職員のほか自治会の代表も委員になっていて、会議も傍聴できる。統合の原因は児童数の減少。20年前には1学年3～4クラスあったが現在は1クラスでほとんどが30人以下。平成29年には、西小学校の1年と3年は各15人、4年生に至っては12人と、まるで山間部の小学校なみになる予定。児童のためには1クラスの人数が少ないほど十分な教育を受けられると思うのだが、教育委員会の言い分は「クラス替えができず、児童同士の関係が固定化する恐れがあり、様々なものの見方や考え方を学んだり、多様な人間関係を築くことが難しくなるため」「適正規模を確保し、学校間の格差解消が必要」なんだそうな。本音は行政の経費削減だと思うが、もって回った言い方。不要になった校舎で老人大学開けば。

平成23年11月13日（日）

大ものＴＰＰ騒動。反対の筆頭は農業団体。彼らに味方するわけではないが、私は国が農業を保護し、食料を自給できる制度を維持しておかないと大変なことになると思っている。先日、70億になった世界の人口は、40年後には97億になると予想されている。今後も途上国の開発が進むと耕地面積は縮小、人工肥料の多用で土地が荒れて収穫も減る。20年後には、食料の奪い合いが起こるのは見えている。石油がなくても生きられるが、食料がないと人間は生きられない。日本農業の改善すべき点は「大規模経営」と「若年化」であると言われている。これを妨げているのが農地法。農地法では、農業経験者以外の者への農地の譲渡を認めていないから株式会社は農業へ参入できず。若くて農業を志す人も農地を買えないから、後継者のいない農業は老齢化する一方。ダメな農家にお金をばらまくより、農地法の改正が先ですよ。

平成23年11月19日（土）

延暦寺が山口組に対して全ての参拝を拒否したというニュース。延暦寺には山口組歴代組長の位牌（いはい）があり、以前、組として大法要が行われた際、資金集めを助長したと問題となり、親族が少人数で参拝することだけを認めて来た。ところが最近、親族でない組員の参拝が目立ち、暴力団排除条例ができたのを機会に「親族かどうかを見分けるのは難しい」として山口組関係者全員（親族も含め）に参拝させないと決定。コトを構えたくない山口組もこれを了承したという。しかし、世間に迷惑をかけないように、少人数でこっそり参るのもダメ、というのは信教の自由に反するのではないかと思う。暴力団と取引するのはイカンというのが高じて、最近は暴力団がお歳暮を贈ることについて、百貨店に受注するなという圧力がかかっているという。お歳暮を贈ることで世間にどんな弊害を与えているのか。

平成24年2月11日（土）

国公立の中学・高校で、卒業式の君が代斉唱の際、起立をしない教師がいまだにいるらしい。起立しない教師に対する処分の当否はさておき、私はこんなことをする教師の心情がよく分からない。君が代を歌うのを拒否しても合唱だから目立たないが、みんなが立ち上がっている中、1人だけ座っているのは目立つし、違和感がある。彼らはその違和感を狙って自己主張しているのだろうが、世間のほとんどの人が「国歌は立って歌うもの」として行動しているのに水を差すようなことをするのは協調性がないと思う。彼らはオリンピックを見に行って日の丸が揚がり、君が代が流れたときも座ったままでいるのだろうか。外国の人が見たら、愛国心のない日本人と笑われるだろう。戦中派の私は小学校で「現人神（アラヒトガミ）天皇」を叩き込まれ、日の丸・君が代の強制を受けたが、戦後の民主主義の浸透で君が代が軍国主義復活につながるとは思えないのだが。

平成24年6月3日（日）

吉本のお笑いタレントの母親が生活保護を受けていたことでバッシングされた。生活保護法では、まず第一に扶養義務者による扶養を優先すると書いてあり、（ケチの吉本がどれだけ給料を払っていたか分からんが）おかんを養う位はもらってたのだろう。民法では扶養義務のあるのは直系血族と兄弟姉妹、それ以外でも、3親等以内の親族については特別な事情があると家庭裁判所が認めたときは扶養義務を負う。数人の子供が親を扶養する場合、誰がいくら負担するかは、子供間の協議で決めるが、協議ができないときは家庭裁判所に決めてもらう。結局は金持ちがたくさん、貧乏人は少額ということになる。平成22年度の統計によれば、全国の家庭裁判所で受け付けた扶養申立事件の件数は688件。10年前が789件であまり変わらない。お金持ちの年寄りが多くて扶養の必要がないのか、生活保護が安易に受けられるからなのか、どっちだろう。

平成24年6月10日（日）

関西電力の株主総会で、株主の大阪市は「可及的速やかに全ての原子力発電を停止する」という定款変更の議案を提出した。この議案は否決される見通しだが、一定数以上の株式を持つ株主は、議案を提案できる。今年の野村証券の総会で、株主からユニークな提案が行われている。以下原文のままで紹介する。「定款一部変更の件（日常の基本動作の見直しについて)」。提案の内容：貴社のオフィス内の便器はすべて和式とし、足腰を鍛錬し、株価四桁を目指して日々ふんばる旨定款に明記するものとする。提案の理由：貴社はいままさに破綻寸前である。別の表現をすれば今が「ふんばりどき」である。営業マンに大きな声を出させるような精神論では破綻は免れないが、和式便所に毎日またがり、下半身のねばりを強化すれば、かならず破綻は回避できる。できなかったら運が悪いと諦めるしかない。ウーン！国会の便器も和式にすべきだ。

平成24年7月7日（土）

先週土曜の朝日新聞の夕刊「弁護士法人夏の陣」という記事。中身は東京の大手弁護士法人が大阪に支店を出す動きが加速、大阪の弁護士も危機感を募らせているという話。個人の弁護士はひとつしか事務所を持つことができないが、弁護士法人をつくれば全国どこへでも支店を出すことができる。従来は大阪など地方から東京に支店をつくるのが常識だったが、最近は東京から大阪へという流れらしい。大阪の中小企業も、この頃は外国との取引が増え、外国企業との交渉にたけた東京の渉外事務所が大阪のパイを奪いに来たのだ。客をとられないようにしようと思えば、語学のできる弁護士も必要だし、それなりの努力が必要。ただし関西、特に大阪という土地は東京から来た企業にとってはとても商売のしにくいところである。いくら権威のある法律事務所でも「費用なんぼでっか？」から始まる。弁護士費用、値切られるのは覚悟めされ。

平成24年8月19日（日）

尖閣へ上陸するなど香港の14人を逮捕した日本。刑事処分はせず、不法入国として強制送還したことに、弱腰と批判が起こっている。北方四島へのロシア首相の訪問、竹島への韓国大統領上陸になすすべのない政府だが、北方四島、竹島はロシアと韓国が実効支配している場所。これを取り返すのは外交では無理。武力による実行使しかないが、こっちの方はもっと不可能。尖閣は現在日本の支配下にある。今回も侵入者に先回りして、警察官が上陸して待ち伏せ、全員を逮捕した。中国は「尖閣は中国固有の領土、逮捕は不当、即時乗組員を帰せ！」と主張しているが、日本の警察官が尖閣の島に上陸していたことには一切触れていない。本来、中国の領土なら、日本の国家権力が中国領土を侵したことに大騒ぎするはず。これは中国が尖閣を日本領土として認めている証拠。あまり大騒ぎせず、尖閣に沖縄県警尖閣署を作った方がいいと思うが。

平成24年9月2日（日）

現職裁判官が盗撮で逮捕されたニュースの翌日、ＩＢＭ元社長も盗撮で書類送検という記事が出た。手鏡の大学教授といい、盗撮はインテリ男が圧倒的に多い。27歳の裁判官といえば、ほとんどダブらずスイスイと来た優秀な頭脳の持ち主。63歳の元社長もＩＢＭという大きな会社で社長になるぐらいだから、思慮分別ある人のはず。一瞬で自分の社会的地位を失ってしまうようなことを、賢い人達がするというのが理解できないが、私は病気だと思う。昔から、スリは病気と言われる。人のポケットに財布が見えると、自然に手がのびてしまうというのだ。万引きも同様、お金を持ってても、盗むスリルに負けるという被告人の話を聞いたことがある。短いスカートの女性を見たら、ムラムラッとしてケイタイに手が出てしまうのだろう。しかし、この裁判官、バレずにそのまま裁判を続け、盗撮の被告人を担当したら寛大な判決をしたのだろうか。

平成24年9月9日（日）

８月末の朝日の夕刊に「警官、時々『釣り名人』」という見出しで、京都府警の警察官（40歳）が釣り専門誌に執筆し、原稿料約30万円を受け取っていたことが、兼業を禁止している地方公務員法に抵触するとして府警本部が8月9日付で訓戒処分。警察官は依願退職したという記事。監察官室の調査によると、この警察官は２００６年から今年7月までの間に、釣り専門誌に約30回原稿を書き、1回につき約1万円の原稿料を受け取ったほか、民放テレビの釣り番組にも出演。その際、釣り道具会社から釣り竿などをもらっていたという。「腕前が認められたと感じ、安易に引き受けていた。兼業になるかもと思ったが、少額なので大丈夫だろうと考えてしまった」という彼の弁解はもっとものように思う。６年間で30万円、1年5万円の収入を兼業とは行き過ぎではないか。こんな趣味を持った警察官は人間味があるように思う。固すぎはしませんか。

平成24年9月23日（日）

中国の反日デモも収まりつつある。今回のデモを、中国政府は容認というよりはケシカケテやらせていたというのが大方の見方である。ただデモが暴徒化して、建物の破壊や略奪があちこちで起こり、その映像が世界中に流れて世間の批判を浴びたこと、及びデモが中国政府批判に向かうことを恐れて、中国政府もデモを封じ込めた。テレビでアメリカの評論家が、デモ隊の略奪や日の丸を焼く姿を見せられて「なぜ日本ではこういうことが起きないのか？」と尋ねられ、「日本は成熟した社会なんです」と答えたのが印象的だった。そう、東北大震災のときでも略奪など一切なかったことが世界から驚かれた記憶がある。他国の国旗を焼くなどという理性のない行為は日本人にはできないのです。中国では政府要人の悪口を言うと拘束されるが、日本では「野田のバカ」「妖怪輿石」「谷垣のボンクラ」何でも言えます。日本は本当にイイ国です。

平成24年12月22日（土）

総選挙川柳。自民党は予想をはるかに超える大勝で、世は自民党にあらずんば人にあらず状態。しかし、安倍さんの下痢は気になりますなあ。「パソコンの　ウイルスよりも　怖いノロ」。一方、新聞紙上で予想される内閣の顔ぶれはやっぱり…。「初閣議　肩叩き合う　お友達」。計画通りの当選者の公明党。自民の勝ち過ぎで連立の影が薄くなり、政策も自民寄りに。「連立は　したいが改憲　及び腰」。維新の54議席は、私の目から見れば上出来と思うが、選挙前の政策の不一致。選挙後の両代表の首班指名での発言のチグハグなどが目立つ。「ガタピシと　音かしましい　年の差婚」。未来の党は大幅議席減。小沢さんの名前は話題にも上らなくなった。「食料も　兵も失い　未来なく」。それにしても投票率の低さ。世界の国に対し恥ずかしい。投票に行かんヤツから罰金取れ！「総選挙　選ばれるバカ　選ぶバカ」。お後がよろしいようで。

平成25年2月16日（土）

スポニチのプロ野球名鑑の年俸を集計し、チーム力を分析。数字は1人平均、単位百万、十万以下切り捨て。

	全体	投手	捕手	内野	外野
巨人	63	70	93	46	51
中日	48	51	38	42	60

ヤクルト	34	36	26	38	26
広　島	28	32	23	32	21
阪　神	42	35	17	66	46
ＤｅＮＡ	34	28	14	32	63

全体では巨人がダントツ、広島はその半分以下だが部門別に見ると内野では阪神がトップ。外野ではＤｅＮＡが一番。西岡２億、島谷２・８億、新井貴２・５億の内野陣は（年俸では）他チームを圧倒。ＤｅＮＡの外野が高いのは、ラミレス３・５億、モーガン１・５億の外国人勢ゆえ。阪神、ＤｅＮＡの捕手年俸が他チームより一段と低いのは手薄なことの証明。補強が急がれる。

パ・リーグ部門別平均年俸（１００万単位）は下の通り。

	全体	投手	捕手	内野	外野
日本ハム	38	43	22	45	21
西　武	38	39	19	53	31
ソフトバンク	49	53	31	50	44
楽　天	35	37	17	27	49

平成25年2月17日（日）

ロッテ	35	32	34	44	33
オリックス	39	37	13	54	43

全体でトップのソフトバンクが抜けているが、他の５チームはほとんど差はない。パ・リーグがいつも混戦なのが分かる。数字で差の目立つのは、オリックスの捕手、楽天の内野、日ハムの外野、オリックスには捕手は６人いるが、最高の伊藤でも２２００万円。楽天内野では松井稼頭央の１・３億、マギーの１億が目立つが１０００万円以下が８人もいる。日ハム外野は糸井の抜けたのが大きいが、９人のうち１０００万円を超えるのは３人だけ。プロを目指す高校球児の皆さん、レギュラー狙うなら、各チームの年俸の少ないところに決めましょう。

平成25年2月24日（日）

東日本大震災の復旧工事に大阪から働きに行っている人２人から、「工事現場では関西弁使用禁止令」が出ていると聞いた。２人は別々のところで働いており、接点がないから事実だろう。「なんでやねん」とたずねると「現地の人が怖がる」という理由。関西の人間からすれば、「バカ」より「アホ」、「ダメ」より「アカン」の方がやわらかく思うが、ガラの悪い大阪弁も多い。「なにぬかしてけっかんねん、いてもたろか、ワレ！」なんて言われたら、東北の人は震え上がるのだろう。そういえば大阪弁で「ケツもち」「ケツかく」というふうに「ケツ」がよく使われる。最上級として「ド」をつける「ドケチ」「ドヘタ」「ドアホ」など「ド」の音も怖く聞こえるのかも。甲子園で負け続ける阪神の選手に浴びせられるやじも強烈だ。東北出身の選手なら故郷に帰ってしまいたくなる。大谷君、日ハムで良かった。藤浪君は大阪出身、大丈夫。

平成25年3月2日（土）

新聞配達員の男が、自分の子供（長男10歳、長女9歳）に、深夜や未明の新聞配達をさせたとして逮捕されたという記事にビックリ。児童福祉法34条には「児童に午後10時から午前3時までの間、戸々について、又は道路その他これに準ずる場所で物品の販売、配布、展示若しくは拾集又は役務の提供を業務としてさせる行為」を禁止していて、違反すると3年以下の懲役若しくは百万円以下の罰金。夕刊は午後10時までに配り終えるし、朝刊だって配達は3時より早くないはずだが、それはさておき、小学生の新聞配達なんて昔はどこでも見られた。家計を助けようと幼い子供が新聞配達をするなんて気持ちのいい話だ。働いていた子供たちが無理やり手伝わせられていたならかわいそうだが、親孝行のつもりがあったなら、お父さんが逮捕されたのは驚きだろう。逮捕までするとは行き過ぎではないか。昔親孝行、今は犯罪。世の中変わったなあ。

平成25年3月3日（日）

アメリカのインターネットのサイトに「日本人妻を持つ外国人夫の悩み」というのがあるそうな。その投稿からご紹介する。「ロマンチックな気分で妻に触ろうとすると、うっとうしいと言われる」「毎日、おかずが醤油味ばかり（違うメニューだというが、基本的にすべて醤油味じゃないか）」「ジョークを言ったつもりなのに、真に受けたらしく、ものすごく嫌な顔をされた」「自動スプリンクラーの水はもったいないと言っておいて、毎日お風呂に入る」「お腹が冷えると痛くなると本気で信じて、真夏でもお腹にタオルケットをかけて寝る彼女」「ご飯粒を茶碗に残すとブツブツ言われる」「服や靴下に穴があると大騒ぎをしてすぐに着替えさせる」「なんとなく家族より実家が大事そうな気がするのは、気のせいか…」「太るのを気にしているくせに、子供の残したものを口に運んでいる。やめときゃいいのに」。日本人夫からも同じ声？

平成25年3月23日（土）

三輪記子（みわふさこ）さんという京都の女性弁護士が、週刊プレイボーイ誌上でセミヌード姿を披露して話題になってる。最近その写真を見たが、手ブラで隠された胸は立派、パンティー1枚でうつ伏せになったボディーもまずまず。ネグリジェを羽織り、足を少し開いて股間をわずかに見せる壇蜜さんばりのポーズもあり、「若い男の方、いらっしゃい」と呼んでいるようにも見える。が、彼女が注目されたのは現役の弁護士ということ。近年、司法試験の合格者の増加につれ、女性弁護士の容姿も飛躍的に向上。モデル、タレントに負けない美人弁護士が裁判所を歩いている。我が事務所にいる5人の女性弁護士も粒ぞろいだ。このグラビアに対し、伝統を重んじる良識派弁護士（特に女性弁護士）から、「弁護士の品位を害する」「懲戒だ」という声もあがってるとか。まあ、いいじゃない。やりたきゃあヘアヌードでも。それで客が来るなら。

平成25年6月29日（土）

平均年齢63歳の熟女売春クラブが摘発されたというニュース。読むほどにビックリの連続。16人のホテトル嬢のうち、最高は73歳。女性はいくつになってもカセげますなあ。摘発のキッカケとなったのは、客が女性をホテルに呼んで売春が行われたこと、と書いてあるが、恐らく以前からオバサンたちがホテルへ通う姿を見られ、地元で評判になって踏み込まれたのだろう。あわれ、おまわりに捕まった客が82歳。呼ばれた女性は64歳というのに二度ビックリ。週刊誌の「60歳からのセックス」「80歳で現役」記事はウソではないようだ。「若い子は冷たいから買いたくない。おばちゃんたちは優しくしてくれるので利用した」という客の声には実感がこもってる。経営者は12年間で3億2000万円の売り上げをしたというから商売大繁盛だったんだ。経営者を取り締まるのは仕方ないが、年寄りの残された人生の楽しみを奪うなんて、警察もヤボですなあ。

平成25年8月10日（土）

「消防士AV出演で停職」というスポニチの記事。大阪府四条畷市の消防署に勤務する20歳の男性消防士2人が、アダルトビデオに複数回出演し、現金の謝礼を受け取ったとして、市は2人を停職6カ月にした。消防士は公務員だから副業は禁止されている。しかし、停職6カ月という重い処分は、副業をしたことへの懲罰というより、AV出演が秩序に反するということだろう。2人は、昨年夏に須磨海岸で遊んでいるところを「いい体してるね」とスカウトされ、その日のうちに出演、それぞれ1万円を受け取った。その後も2人は別々に出演していたが、先月に匿名の告発メールが市に届き、後日、出演したDVDも送られて来てバレたという。男優の出演料は安いと聞いていたが、1万円とは…。スカウトに認められた2人の肉体美（たぶん海パン姿）どんなに立派だったのだろうとつぶやいたら、F弁護士「そら消防士やもん、ホースは長いで」。

平成26年2月8日（土）

ＮＨＫ経営委員の長谷川三千子さんが20年前に朝日新聞に乗り込んで拳銃自殺をした右翼団体元幹部の追悼文集で元幹部を礼賛し「その行為によってわが国の今上陛下はふたたび現

御神（あきつみかみ）となられたのである」と書いたことが話題になっている。私が小学生の頃は「天皇は現人神（アラヒトガミ）で、人間の姿をした神様だ」と教えられ、２月11日の紀元節（今は建国記念日だが）には、講堂正面に幕をかけた天皇の写真「御真影（ゴシンエイ）」が、校長が教育勅語を読んでいる間だけ開けられるのだが、この間、生徒は頭を上げるとビンタをくらわされるから、ついに天皇の写真は戦後になるまで見たことがなかった。こんな昔のことを思い出させてくれた右翼オバサンは現在67歳、戦争体験はない。現人神のため「天皇陛下万歳」といって戦争で亡くなった人達をどう考えるのだろう。知覧の特攻隊で散った若者の写真を見ておいで。

平成26年2月15日（土）

現代のベートーベン替え玉事件に、マスコミは例によって「ウソつき！」「詐欺！」と集中砲火をあびせている。矛先はもっぱら主犯の佐村河内氏に向けられ、ゴーストライター氏にはおおむね同情的だが、私はその責任は同じ程度と思う。何故なら、影武者がいなければ曲はできないし、曲がなければ佐村河内氏はだますことは不可能。自分から事実を明らかにしたことは情状として認めても、その責任は重い。が、この２人より責任が重いのは、佐村河内氏のウソを見破れず、ウソの宣伝の片棒を担いだマスコミ。事件が明るみに出てから、佐村河内氏のこれまでの行動が週刊誌で暴露されているが、マスコミがもてはやすとき、こんなことは少し調べたら分かるはず。知らなかったではすまされない。有名な交響曲１番「ＨＩＲＯＳＨＩＭＡ」は18万枚も売れた名曲だそうだが、影武者さんの名前でもう一度作り直したらもっと売れるかも知れませんぞ。

平成26年11月23日（日）

ミス東洋英和に選ばれた女子大生が、日テレのアナウンサーの採用内定を受けた後、銀座のクラブでバイトした経歴のあることを告知したところ、内定を取り消されて訴訟になった件。日テレの言い分は「アナウンサーには高度の清廉性が求められており、銀座のクラブのホステスとしての経歴はアナウンサーとの清廉性に相応しくない」「採用の際の経歴書のアルバイト欄に（ホステス）だけが記載されておらず、これは経歴詐称に当たる」というもの。法律家の見解では日テレの旗色が悪い。近頃は北新地でも女子大生のバイトがゴロゴロ。卒業後もそのまま勤める子もいる。クラブにはいろんな職種の酔っぱらいが来て、お相手するのも大変。相手から話を聞き出すアナウンサーという職業には役に立つバイト先だ。日テレのおエライさん、ホステスにひどい目に合った経験がおありかも。訴えた女子大生、話題を集めたことを踏み台に芸能界へ転身？

平成26年12月14日（日）

「京都殺人妻後妻業の黒幕は東大卒弁護士」というタイトルの週刊文春の記事。中味を読めば、弁護士が殺人をそそのかしたわけではなく、オバサンのこれまでのお相手の不審死男性の遺産相続の訴訟事件を引き受けていただけ。だがオバサンがこの弁護士と知り合ったのは06年頃で、その後今日までオバサンが関与していると思われる不審死の件でその都度相続を受けていて、成功報酬を得ていたと書かれている。「儲（もう）かると思ったらどんな事件にでも参入して来る」という同業者の評判も掲載されていて、私が当人なら文春に対し損害賠償を請求するが、この弁護士は文春の取材に逃げ回っているというから記事は本当なのか？　弁護士の数が増えて、金もうけ主義の弁護士が増え、懲戒処分を受けるものが多いが、一番の被害者は依頼者。だが、一般の人は、どの弁護士が悪い弁護士か分からない。ブラック企業ならぬブラック弁護士リストが必要だ。

©谷本亮輔

引用モノ

平成17年5月22日（日）

日弁連機関誌「自由と正義」に載った兵庫県の鎌田哲夫弁護士の「けん玉文化論」からご紹介する。郷土玩具として見かける木製のけん玉、てっきり日本伝統のおもちゃと思っていたら、発祥の地はイギリス。今から500年前、イギリスで婦女子の遊びとして、羊毛を丸めたボールを、シャンパングラスのカップに乗せたりひっくり返したりしたゲームが始まり。日本のお手玉みたいなもの。日本に入って来たのは18世紀後半。「木酒器玉」と呼ばれ、玉を受けるのに失敗すると酒を飲ませるという罰ゲームも行われたと記録されている。イギリスからフランスに渡り、ボールの穴にとがった先を突き刺す現代風に変化、20世紀半ば頃まで、パリ社交界の重要なゲームとして活躍したという。

平成17年9月24日（土）

イタリアの思想家マキヤベリの『戦術論』（浜田幸策訳・原書房）の名将の心得6カ条。①あなたの敵を助けることはあなた自身を損うことになり、あなた自身を助けることはあなたの敵をやっつけることになる。②あなたが計画を実現してしまうまで敵にそのことを秘密にしておくことほどすぐれた計画はない。③生まれつき勇敢な人間というのはあまりいるものではない。努力と鍛錬によってそれが非常に勇敢になるものである。④より価値のあるものは兵士の数よりもその勇気である。しかも時としてこの勇気よりも地形の方がより有益である。⑤あなたがやらねばならない問題については多くの人からの助言を聞き入れねばならない。それからあなたがどんなことをやろうとしているかそのことについては少人数で審議しなければならない。⑥突発事件に対して救済策を講ずることは困難である。しかし予測されていたものに対しては容易である。今の世の中、一国の首相、経営のトップにもあてはまる言葉だ。

平成18年4月1日（土）

先週紹介した『犯罪と猟奇の民俗学』（礫川全次編・批評社）の資料「犯罪隠語」が面白い。1915年に当時の警視庁検関係長山田一隆氏が書いた『犯罪科学の研究』からの引用。ホシ＝犯人、タタキ＝強盗、サワ師＝詐欺師などは今もポピュラーだが、当時は窃盗犯が多かったとみえて、泥棒の種類によって隠語が違う。イタノマ＝湯屋泥棒、カンタン師＝宿屋泥棒、娘口説＝倉庫破り、モサ＝掏摸など。甲斐性人＝前科者、太閤記＝拘留、小姑＝番犬、ウグイス＝金時計など、どうしてこんな隠語ができたのか推理してみてください。著者の山田氏は隠語研究の必要性を以下のように述べている。「犯罪者ヲ研究シ、犯罪者ノ行動ヲ探索スルニハ彼等社會ニ通ズル語意ヤ、通信法位ハ研究シテ置カナイト、探偵者ハ如何ニ變装ヲ巧ミニスルモ言語ガ判ラネバ何ニモナラヌ」。ナールホド、蛇の道はヘビ。

平成18年4月16日（日）

礫川全次編『犯罪と猟奇の民俗学』の資料、森脇文庫刊『どてら裁判』（元判事細谷啓次郎著）の一部「局部とその所有権の帰属」から紹介する。ご存じ「阿部定事件」。「局部は、もちろん人の身体の一部であって、物ではない。しかしそれを身体から切りとると動産になる。その場合、人の生命が亡くなっているとすれば、その動産になった局部の所有権は、遺産相続人の所有に属することになる」。殺された吉蔵の局部は警視庁が領置したが、それを差し出した相続人は、所有権を放棄していたらしい。しかし、後に相続人関係者から、警視庁で展示され、さらしものにされるにしのびないと返還を求めたが、返されなかったそうな。公判で、裁判長が一物を示して「被告人はこれを見てどう思うか」と質問すると、彼女は「非常に懐しく思っております」と答えたという。お定の気持ちがわかる？

平成18年11月19日（日）

産婦人科医ひとすじ、92歳の石濱淳美さんの『性摩訶不思議』（彩図社）から。雌羊の群れに1匹の雄羊を与えておくとその羊の群れは交尾しなくなるが、別の雄羊を入れると急に交尾を始める。これをクーリッジ効果と呼ぶらしい。クーリッジは第30代アメリカ大統領。夫婦で農事試験場を視察したとき、先に養鶏場に行った夫人に、案内人が「このオンドリは1日に数十回交尾します」と説明。夫人はその話を夫にするよう頼んだ。後で来た大統領、話を聞いて質問した。「君、それは同じメンドリが相手か」「いいえ違います」。大統領は案内人に「そのことを女房に話してくれたまえ」といったそうな。相手を変えると性能力が回復することを、この逸話からクーリッジ効果というようになったという話（？）だが、石濱先生は、年をとっても相手が変われば能力維持は可能とおっしゃる。その通り！

平成19年3月10日（土）

『大相撲』編集長だった三宅充さんの『大相撲なんでも七傑事典』（講談社）から。連勝記録や重量力士、大酒飲みなど江戸時代から今日までの七傑が紹介されている。珍しこ名編。しこ名と下の名が掛け言葉になったものとして、貫き透（つらぬきとおる）とか不了簡綾丸（ふりょうけんあやまる）なんてのがあった。昭和62年、国会でマル優廃止法案が成立直後、二子竜雄二が丸勇高利（まるゆうたかとし）と改名、政治風刺のしこ名として話題になったが、どこから文句を言われたのか1場所で元に戻ったそうな。有名人の名前から拝借した近松門左衛門、一心太介、前田山英五郎などのほか、沢ノ鶴八右衛門という酒のコマーシャルしこ名もあって、彼は幕内筆頭までいった。化粧まわしにロゴを入れるより、しこ名に商品名をつけた方が効果がある。プロミスにはダイエー、ふみ倒しでダイエーの勝ち。

平成19年6月24日（日）

新潮文庫『言いまつがい』（糸井重里監修）は誰でもがよくやる言い間違いを集めた本。「空気がどよんでます」「バルブがはじける」などの普及版から、病院のアナウンスで「ただいまから部長回診が始まります。患者さんはベッドになってお待ち下さい」。朝イチの電話をとって「○○でございます。いつもおはようございます」。旅館の女将がお客に「ようこそおいでくださいまツて」など吹き出す話が満載。一番笑ったのは、阪急電車で車掌が十三のひとつ手前で「次はあ〜、じゅうそう〜」と間違えたあと、電車が発車して客の混乱がおさまった頃「次もう〜、じゅうそう〜」と動揺のカケラもなくアナウンスした話。先だって、NHKのニュースで女性アナが「ゆうせいみんかつぶんえいか」と読んだあと、首をかしげながら訂正してた。間違えてもあわてない。そう、誰にでもあることです。

平成20年4月5日（土）

青春出版社刊『情報操作』（㊙情報取材班編）にケネディ暗殺事件が取り上げられてる。オズワルドの単独犯行で、彼はケネディの後方から3発発射。1発は後頭部、1発は首、1発は外れて付近の人に当たったという調査委員会の報告。しかし車に同乗していたテキサス州知事は7カ所に傷を負っていた。住民が偶然撮影した映像は非公開とされ、調査委員会の資料に映像のコマ送り連続写真があったが、12年後にこの映像が公開されて連続写真に操作が行われていたことが判明。映像では狙撃の瞬間、ケネディの頭は後ろにのけ反り、そのあと前のめりになっていたのに、連続写真では後ろにのけ反ったコマは前のめりのあとに差し替えられていた。後ろにのけ反るのは前から撃たれた証拠。調査委員会はオズワルド以外の犯人がいたことを隠したかったようだ。どこの国でもお上の調査は信用できない。

平成20年4月27日（日）

青春出版社『情報操作』（㊙情報取材班編）にこんな話が出ている。第2次大戦のとき、ヒトラーがフランスの降伏文書を受け取るニュース映像がイギリス・アメリカで流れたが、この時ヒトラーは楽しそうにダンスのステップをふんでいた。これを見た連合国側の国民は、ヒトラーの連合国を馬鹿にしたような態度に腹を立てた。しかしこの映像は、カナダの情報機関が細工したもの。連合国側にドイツに対する反感を作り出すための「踊るヒトラー」作戦はマンマと成功、結束を固めた連合国は遂にドイツを破った。チベットの仏教徒の暴動映像は中国が意図的に流したとされているが、カルフール前でのデモも中国政府のヤラセのような気がする。民主主義の国アメリカでもイラクに化学兵器があると情報操作をして戦争を始めた。言論の自由のない中国の発信は眉毛にタップリつばをつけましょう。

平成20年9月20日（土）

週刊スパ（9月23日号）「5秒で人を傷つける悪魔の一言辞典」という記事。一目ぼれした彼と恋愛の末、突然の別れ話を持ち出した彼「感情では君のことは好きだと思う。でも、僕の理性が、君みたいなのはやめろと言っている」（冷静さに凍る編）。合コンで貧乳の私をやゆしてか「女はやっぱり巨乳でしょ？」という男がいたので「男もやっぱり巨根でしょ？」と言い返したら、その後その男は終始無言（問い返しの反撃編）。マイナス8キロのダイエットに成功した36歳の主婦に、息子は「やったじゃん！　超デブから普通のデブになったね」（無邪気の凶器編）。昔のモテ自慢がウザイ彼に「そんなにモテモテだった人と付き合えるなんて、私って超幸せ～」といったら2度と言わなくなった（褒め殺し編）。最近の若い女の子は悪魔の一言を地でいくのが多い。しゅうとめさん、負けずに頑張れ！

平成20年11月24日（月）

『相撲昭和史・激動の五十年』（高永武敏編＝恒文社）から。昭和の初期は力士達の生活も大変だったとみえ、昭和7年1月に「春秋園事件」というストライキが起こった。春場所の新番付が発表された1月6日、出羽海部屋の力士達が東京大井の春秋園に立てこもり、相撲協会に10カ条の改革要求を突きつけた。「養老年金制度の確立」「力士の生活の安定」「力士の共済制度創設」など、生活に直結するもののほか、「入場料を低下して大衆の相撲に」「相撲茶屋の撤廃」「年寄制度の漸次廃止」と、現在の相撲界にも求められるものもある。力士達が一番問題にした相撲協会の会計制度（当事は丼勘定だったらしい）で話し合いは決裂、大相撲の分裂ということになった。今の力士達の生活は制度的には安定しているが、改善すべき事項は多い。閑古鳥の鳴く九州場所を見ていて心配になった。

平成20年11月29日（土）

『世界がわかるアメリカ・ジョーク集』（鳥賀陽正弘著・三笠書房）から。商売にかけてはエゲツないといわれるユダヤ人について。ユダヤ人の息子が父親に聞いた。「パパ、2プラス2はいくつ？」。すると父が聞き返した。「それは売るときの話か、それとも買うときの話かね？」。次はケチといわれるスコットランド人について。スコットランド人のマックミラン氏が結婚し、式の後聞いた。「牧師さま、お礼はいかほどになりますでしょうか？」。牧師は頭を下げ「花嫁の美しさにふさわしいだけ、といたしましょう」。しめたと思ったマックミラン氏は、1ポンドだけ献金した。あきれた牧師は、おもむろに花嫁のベールをめくり、マックミラン氏に50ペンスを差し出して言った。「お釣りです」。頭がいい人ほどジョークがうまいといわれる。皆さん、職場で家でジョークの腕をみがきましょう。

平成21年3月15日（日）

『聞き上手・話し上手』（扇谷正造・講談社現代新書）から。慶応の池田弥三郎教授は、結婚式で長々と続いたあいさつのあと、「ある新聞の調査によりますと、結婚式を済ませた新郎新婦に、パーティーのスピーチを覚えていますかというアンケートを試みたら、覚えておりませんというのが何と80％でありました。また、あのとき何を一番望みましたかという問いに対しては、早く二人きりにしてほしかったというのが85％でありました。従いまして、私のスピーチはこれで終わります」とやったら、ヤンヤの喝采（かっさい）を博した。アメリカ大統領だったウィルソンはスピーチの名手だったが、彼は「1時間位の長さの演説なら即座に登壇してやれる。20分ほどのスピーチなら2時間の用意がいる。5分間のスピーチなら1日1晩の支度がないといけない」と言っている。短いのは難しいのだ。

平成21年9月19日（土）

日本法制史の大家、石井良助元東大教授の『新編江戸時代漫筆』（＝朝日新聞社刊）に江戸時代の質屋についての面白い話が出ている。江戸時代の質屋は庶民にとって唯一の金融機関。2千軒を超える質屋があったというがそのルール。質流れは通常8カ月だが刀剣類は12カ月。利息は元禄時代、100文につき一カ月4文というから年利にすると48％という高利。但し2両以下32％、10両以下24％、100両以下8％と高額ほど金利は安くなった。質物が火事で焼けた場合、質屋は弁償をしないかわり借金は棒引き、又質物がねずみにかじられても弁償しないと質札に書いてあったそうな。金銀細工や徳川家の葵紋のついた品物は質にとることを禁止されていたが、金製品の煙草入れをとるときは「金メッキ」と札に書いていた。火消しの先導役のまとい持ちの火焔の褌も質にとったというが、これは信用貸し。初代桂春団治の落語ネタの質入れもこの流れ？

平成22年2月20日（土）

事務所の経理係ジンちゃんに送られて来たメールをご紹介する。ネット上で流行している「謎の鳥」と題するたとえ話が永田町で話題を呼んでいるとのこと。作者は不明らしいが、なかなかの出来。以下……。

日本には謎の鳥がいる。正体はよく分からない。
中国から見れば「カモ」に見える。
米国から見れば「チキン」に見える。
欧州から見れば「アホウドリ」に見える。
日本の有権者には「サギ」だと思われている。
オザワから見れば「オウム」のような存在。
でも鳥自身は「ハト」だと言い張っている。
それでいて、約束をしたら「ウソ」に見え、

身体検査をしたら「カラス」のように真っ黒、
釈明会見では「キュウカンチョウ」になるが、
実際は単なる鵜飼の「ウ」、
私はあの鳥は日本の「ガン」だと思う。

平成22年3月7日（日）

引用モノ

『故事俗信ことわざ大辞典』（尚学図書編集・小学館刊）には約4万3000の故事・ことわざ・慣用句・俗信俗説・和歌川柳などが載っていて読んでいてあきない。古本屋で大枚4000円（新刊9800円）をはたいて買ったが、昭和57年2月に第1刷、2カ月後第4刷が出てるからベストセラーだったろう。最初のページの「愛」の項を御紹介する。「愛は屋上の烏に及ぶ」人を愛すればその人の家の屋根にいる鳥まで好きになる＝あばたもえくぼの意。「愛は女にとって生活のすべてである」そうでもない女性も増えましたが。「愛は多能であり、金は万能である」愛は多くの事をなす力を持つが、金は総てのことをなしうる＝その通りですネェ。「愛は惜しみなく与う」「愛は惜しみなく奪う」と正反対のことわざもある。「愛は小出しにせよ」あまり激しい愛は長続きしない。少しずつ長く愛せよとの意。でも小出しし過ぎて失うかも。

平成23年1月10日（月）

孫子の兵法が政治家や企業経営者の間でブームだという。大橋武夫著『兵法孫子』（PHP文庫）によると、孫子の兵法の基本は「戦わずして勝つこと」。この本には具体的な戦術、戦略の説明もあるが、その中の「敵将の性格を見て、立てるべき作戦」が面白い。①敵将が必死で、ひたすら戦うことしか考えないようなら、これは容易に殺すことができる。罠に誘い込みやすいからである。②敵将が生に執着するものなら、捕虜にしやすい。③敵将がカーッとしやすい性格なら、これを馬鹿にして、思慮分別を失わせれば勝てる。④敵将が潔癖すぎる性格で、度量の狭い性格なら、これを侮辱して、思慮分別を失わせれば勝てる。⑤敵将が情にもろい性格なら、その部隊に苦労を強いるような方法をとれば、戦意を失わせることができる。今の世の中でも十分通用しそうな戦法だ。どこかの会社の人事部長さん、リストラのときに使っていませんか？

平成23年1月16日（日）

今年は兎年、小学館の『ことわざ大辞典』から、兎に関することわざをご紹介する。「兎の糞」＝兎の糞はきれぎれであるところから、長つづきしないこと。「兎に祭文」＝馬の耳に念仏と同じ意味。「兎の子の生まれっ放し」＝兎の子が生まれても親がなんの世話もしないことから、自分のしたことの後始末をまったくしない無責任なこと。「兎の上り坂」＝兎は坂を上るのが得意で早いことから、ものごとがよい条件に恵まれて早く進むこと。「兎の昼寝」＝油断して思わぬ失敗を招くこと。「兎を見て犬を呼ぶ」＝泥縄と同じ。「兎の耳」＝人の知らない事件やうわさを聞き出してくる人。「兎の角論」＝兎に角がないことから、根拠のないことについてする無益な論議。「兎の字」＝兎と免の字が似てることから、免職の隠語。「兎の逆立ち」＝兎が逆立ちすると耳が地面にこすれて痛いことから、耳が痛いこと、あてこすりという意味。

平成23年2月27日（日）

江戸城内の刃傷事件は忠臣蔵の浅野内匠頭だけかと思っていたら、これも含めて9件もあったという話が邦光史郎さんの『大奥の謎』（光文社）という本に出てる。そのひとつ、将軍綱吉の時代に大老堀田正俊が稲葉正休に刺し殺された事件。その前日に堀田の屋敷を訪れた稲葉に、堀田は酒を振る舞った。どんな話があったのか分からぬが翌日、登城していた堀田の部屋にやって来た稲葉は、いきなり刀を抜いて堀田の胸をグサリ！！　刀は肩まで抜け、堀田は命をおとすことになる。そばにいた老中や侍たちが寄ってたかって切りかかり、稲葉はナマス状態で即死。かけつけて来た水戸光圀が「事情も聞かず殺すとは何事じゃ」と一喝したが、これにはワケがあった。当時、堀田をうとましく思っていた綱吉が、稲葉に「堀田を退任させるよう」言いつけたが堀田が拒否。稲葉が綱吉のため、殺し屋に変身。その口封じのための成敗。怖いですね〜。

平成23年7月16日（土）

佐藤愛子著『日本人の一大事』（集英社）から「兄の訓（おしえ）」を紹介する。長兄サトウハチローさんは「小さい秋見つけた」の作詞で有名な詩人だが、中学時代から自他ともに認める不良で何回も中学を退学になった。ある中学では通学路に遊郭があり、生徒はそこを通ってはいけない校則があった。ある日ハチローさんは遊郭に上がり、翌朝2階から表を見てると向こうから教頭が歩いて来る。生徒に通るなと言って教頭が通るとはケシカランと思っていると、パッタリ目が合った。やむなく「おはようございます」とあいさつをしたら即退学。次兄の節（たかし）さんは「女房の病気」「女房の母死亡」など、あらゆる口実を使って親から金をせびり取っていたが、口実がなくなり仙台の旅館から「タカシシンダ」と電報を打った。お金を持ってお使いが着くと芸者と寝てた節さん「すまん」と首を出した。「男はそんなもん」が兄の訓えだそうな。

平成24年9月17日（月）

早坂隆著『世界の日本人ジョーク集』（中央公論社刊）から「不良品」。アメリカの自動車会社がロシアと日本の部品工場に以下のような仕事の発注をした。「不良品は千個につき1

つとすること」。数日後ロシアの工場からメールが届いた。「不良品を千個に1つというのは大変困難な条件です。期日にどうしても間に合いません。納期の延長をお願いします」。数日後日本の工場からもメールが届いた。「納期に向けて作業は順調に進んでおります。ただ、不良品の設計図が届いておりません。早急に送付してください」。もうひとつ「幸福論」をご紹介する。「人生における最高の生活とは?」「アメリカで給料をもらい、イギリスの住宅に住み、中国のコックを雇い、日本人を妻にすることさ」。「では最低の生活とは?」「中国で給料をもらい、日本の住宅に住み、イギリス人のコックを雇い、アメリカ人を妻にすることさ」。ナールホド!

平成24年10月7日(日)

先日ご紹介した『「もうダメだ!」と思ったら読む本』(アントレックス刊)から、結婚についての名言集。「よい結婚はあるが、楽しい結婚は少ない」というロシュフーコー(フランスの作家)の言葉は、フランスの哲学者テーヌの次の言葉で納得する。「3週間吟味し合い、3カ月間愛し合い、3年間喧嘩(けんか)をし、30年間我慢し合う。そして子供達がまた同じことを始める」。モンテーニュ(フランス作家)の「夫婦の仲は、終始一緒にいるとかえって冷却する」と、ワイルド(アイルランド作家)の「夫婦愛というものは、互いが鼻についてから、やっと湧き出てくるものだ」は一見矛盾するようだがどちらも真実。夫婦喧嘩をしかけた人にはアメリカ大統領ジェファーソンの言葉を贈る。「腹が立ったら、何か言うまえに十数えよ。それでも怒りが収まらなければ百まで数えよ。それでもだめなら千まで数えよ」。なかなかできまへんなあ。

平成25年1月6日（日）

お正月のテレビで、スーパーの社長が「出発点はバナナの叩き売り」という話をしていた。室町京之介著『香具師の口上集』（創拓社）から一席。どうだいこれは。見るからにふさふさとした黄金色でうまそうなバナナだね。おいおい坊や、そこでよだれを垂らしちゃいかん。このとおり見ただけでもよだれの出るほどにおいしいが、食べたらなおのことおいしい。ほっぺたの落ちること請け合いだ。もっともほっぺたが落っこちたからといって、わしの方では治療代は払わないことになってるよ。あとで苦情が来るといけないから、これだけはハッキリ断っておくよ。お客さん、バナナはね、そうやってただ見とれているだけのものじゃないよ。買って帰って食べるものだよ。ちょっと手を出さないところを見るてぇと、あまり見事なものだから、下々の手には入らんものと思っとるのじゃろう。苦しゅうない。余が許す。近う寄って買って帰れよ。

平成25年3月31日（日）

宗教的な教えを和歌で表現した「道歌」というのがある。松井高志著『人生に効く！ 話芸の決まり文句』（平凡社新書）を参考にご紹介する。よく知られている「堪忍の なる堪忍は 誰もする ならぬ堪忍 するが堪忍」堪え難きを堪えるのが本当の堪忍ですよということ。「我が恩を 仇で返す 人あらば 又その上に 慈悲を施せ」というキリストの教えもある。「目で見せて 耳で聞かせて して見せて やらせて褒めにゃ 事ならぬなり」現代の子供の教育訓。「落ちぶれて 袖に涙の かかる時 人の心の 奥ぞ知らるる」小沢さん、いかがですか？ 「笛吹かず 太鼓叩かず 獅子舞の 後足になる 胸の安さよ」表に出ず、脇役に徹すれば責任を負わず気楽という意味だが、笛吹いて太鼓叩いて責任とらんヤツ多いなあ。最後に狂歌を一首。「いつまでも あると思うな 親と金 ないと思うな 運と天罰」運はいいが天罰は困るなあ。

平成25年7月20日（土）

早坂隆著『世界の日本人ジョーク集』（中央公論新社）のブラックジョーク。日本のコンピューター会社が、どんな質問にでも答えることができるコンピューターを開発した。ジョニーがコンピューターに聞いた。「僕のパパは今どこにいる？」「あなたのパパは今、湖で釣りをしています」コンピューターが答えた。ジョニーは「外れだよ！ 僕のパパは5年前に亡くなってるんだ」。これを聞いたコンピューターの開発者達はコンピューターを会社に持ち帰り、テストを繰り返した後再びコンピューターを持ってきて「ジョニー、もう一度同じ質問をしてくれる？　でも今度は〈パパ〉じゃなく、〈僕のママの旦那〉って言葉を使ってくれるかな」と言った。言われた通りジョニーは「僕のママの旦那は今どこにいる？」と聞くと、「あなたのママの旦那さんは5年前に亡くなりました。でもあなたのパパは今、湖で釣りをしています」。お分かりかな？

平成25年7月27日（土）

日本法制史の第一人者だった石井良助さんの『江戸時代漫筆』（井上書房刊）に、江戸時代の敵討ちの話が出てる。江戸時代には敵討ちは制度として認められていたが、合法となるには条件があった。ひとつは主人、父母、兄姉のような目上の者の敵であること。手続き面では敵討ちの免状が必要だった。子供の敵を親が討つことは認められず、免状なしで敵を討つと処罰された。免状は領主に願い出て、条件がととのっていれば許可されるのだが、その領内でしか効力がなく、他国で敵討ちするには、免状について幕府の承認が必要だった。芝居に出て来る矢来に囲まれた果たし合いなんてのはあまりなく、見つけたらその場で殺して、後で届け出ることが多かったらしい。討たれた者の子孫が逆に敵討ちすることは禁じられていた。夫が、妻と駆け落ちした相手を殺す妻敵（めがたき）討ちもあり、不倫は命がけだったのだ。

平成26年6月1日（日）

サンデー毎日に戯作者松崎菊也さんが「内閣総理大臣の本音」というコラムで安倍さんの物真似をしている。「近隣諸国との関係において、ま、名指しこそいたしませんが、力で押し通そうという国、ま、中国のことで、ごじゃますが、こちぁかぁ常に対話のドアは開けておくふりをして、一方において戦争の準備をする。戦略的互〝警〟関係を維持しつつ、一方において、アメリカに守ってもらう。しかしながら、わぁ国ばかり守ってもらうわけにはまい〜ません。だかぁこそ、そのうえにおいて、集団的自衛権を認めゆ、わけで、ま、ごじゃます。中略。ゆくゆくは日本のみぁさまの安全を守るうえにおいて、防軍、いわゆぅ、決死隊をつくぅことを決したいと、おめます」。皆さん、声を出して読んでみて下さい。安倍さんになったような気がしますぞ。松崎さんは舌足らずの原因について二枚舌のせいと皮肉っている。ほんまやなあ。

©谷本亮輔

艶笑モノ

平成20年5月24日（土）

『定本艶笑落語続編』（小島貞二編＝立風書房）から。若くて美人のお内儀を持ってる小間物屋の源兵衛さんが妾（めかけ）を囲ったと聞いた悪友2人、妾の顔を見ようと妾の家へ源兵衛さんを訪ねてきた。座敷に上がって女中みたいな女がお茶を運んできたあと。友人「ときに旦那、とっておきのおかたにお近付きになりたいもので…」というと、源「さっきのお茶を持ってきたのがソレでございます」友「えッ、あの方が？　へえ、さようでございますか」とあきれて帰った。「いや、おどろいたなぁ。まるで見られたものじゃない」「うん、わからんもんだ」といってるところへ源さんが通りかかった。友「どうもさきほどは…。で、ちょっとお伺いしたいんですが、おかみさんとあのお妾さんではまるで月とスッポン。どういうことでございましょう」源「ハイ。その月とスッポン、食べたらどちらがうまい」

平成22年1月24日（日）

お待たせしました、エロ話のお好きな読者の皆さま。東京神田の神保町で仕入れた『中国笑話選＝江戸小咄との交わり』（松枝茂夫・武藤禎夫訳＝平凡社刊）の「房事」という小話。

ある道学先生、房事を行うのに肌着を脱いでから手をこまねいて、大言して「わしは色を好むがためにかかる事をするのではない。ご先祖様のために供養を絶やすまいと思ってするのじゃ」といって一突きする。それからまた「わしは色を好むがためにかかる事をするのではない。おかみのために人口を増やしてあげようと思ってするのじゃ」といってまた一突きする。それからまた「わしは色を好むがためにかかる事をするのではない。天地のために万物の生長を願えばこそするのじゃ」といってまた一突きする。ある人が「四突き目には何といわれるんだろう」と聞くと、有識者が「このような道学先生は三突きでおしまいだ。この上、何のいうことがあろう」。

平成22年4月18日（日）

『定本艶笑落語』（小島貞二・能見正比古編＝立風書房）の「合図の太鼓（早打ち）」から。大名の若殿が大名のお姫さまを嫁にもらったが、床の中でどうしたらいいか分からずおつきの三太夫にたずねた。三「ではこの爺がとなり座敷にひかえ太鼓で合図いたします。まず姫の上にお乗りになり、殿のお道具を姫の穴にお付けあそばしませ。そのとき手前が太鼓を一つ叩きます。その一番を合図に殿のお道具をグッとお入れ下さい」若「ウン、差し込むのじゃな」三「で、手前が二番を打ちますれば今度はお抜き下さりませ」若「一番で入れ、二番で抜くのじゃな」三「三番でまた入れ、四番でまた抜く…。つまり太鼓の通りなさいませ」若「心得た」。ドーン、ドーン、ドン…。三太夫は忠義の心をバチに込めまして、ゆっくり、ゆっくりと合図の太鼓を打ち続けます。そのうちに、若「あっ、これ、三太夫」三「ハ、ハハー」若「早打ちにいたせ」。

平成22年5月9日（日）

おなじみ『定本艶笑落語』（小島貞二・能見正比古編＝立風書房）の「骨董屋」から。息子夫婦と同居している骨董屋夫婦の家で息子の嫁が隠れて泣いているのを見つけた姑（しゅうとめ）がわけを聞くと、舅（しゅうと）が嫁に言い寄り今夜若旦那が留守なのでしのんで来るという話。怒った姑さん「私に任せなさい」と、風呂へ入って化粧をして、お嫁さんは自分の部屋へ寝かせ自分はお嫁さんの部屋でフトンをかぶって寝ています。それとは知らぬお舅さん、ぬき足さし足しのび込む。部屋は真っ暗。舅「へへッ、やっぱりうちの婆のひからびたぐあいと違うよ。肌もムッちりして髪油のにおいなんかさせてよ、たまらないね、この手ざわり。上もいいが下もちがうよ、では…」てんで、グッと乗りかかっておさめましたとたん、下からはげ頭をピシャー。舅「うわ、なにをするんだ！」姑「なにサ、だらしのない。骨董屋のくせに新しいのも、古いのも、わからないのかい！」

平成22年6月13日（日）

『定本艶笑落語』（小島貞二・能見正比古編＝立風書房）の「熊公の顔」という小話。連れ添って10年にもなるのに女房のアレを見たことがない亭主、友達の留さんに「情けないヤツ」とけしかけられ、かみさんにアレを見せてくれと頼んだ。こんな昼間からと嫌がる女房は「生で見せるのはいやだから、タライに水を張って、あたしが足を広げてまたがるから、水にうつったのをのぞいてごらん」と支度にかかる。隣で聞いていた熊公、「こいつぁおもしれぇ、おれもひとつ見てやろう」てんで、ハシゴを持ち出して屋根に上って引き窓から、ひげもじゃの顔を突き出してのぞき込みます。下では気がつかないから、タライに水を張って、女房が大股おっぴろげてその上にふんばり、着物の裾（すそ）をまくり、亭主がわきからのぞき込みます。すると、亭主「あっ、見えた見えた。だが、なんだねぇ。おめえのアレって、隣の熊公の顔にそっくりだ…」。

平成23年6月19日（日）

『定本艶笑落語』（小島貞二・能見正比古編＝立風書房）の「大根売り」から。舟で大根を売りにきた農家の人「旦那、デーコいりませんか。太くて立派ないいデーコですよ」と声をかけた。男「オレの道具とどっちが大きい」、百「バカこくでねえ。おめえさまの道具より小さいデーコだったら全部くれてやるよ。そのかわり、おめえさまの道具よりオレのデーコが大きかったら全部買ってくれるか」。ヨーシ、と男が前をまくる。のぞき込んだ農家の人

「こりゃ、たまげた。どれが足だかわからねえ。オラのデーコより2寸は長え」と脱帽。大根を全部置いて舟をこいで行く。ワケを聞いた男の女房「かわいそうに、そんなひどいことして。いくらかでもゼニをおあげ」と「ちょいと、ダイコ屋さん」呼び止める。農民「どなたですか」、女「今、大根をいただいた者の女房だけど」、農民「えっ、今の人のおかみさん、とんでもねえ2人だ。今度は舟をとられてしまう」。

平成23年8月28日（日）

立川談四楼という落語家がいる。この人、文章がうまく、たくさん本を出しているが、そのうちの1冊『声に出して笑える日本語』（光文社刊）からいくつかの話を紹介する。ある時、タクシーのラジオを聞いていると、アナウンサーが「海のモズクと消えました」と言った。ムム！　モクズではないかと思い、後日友人5人に聞くと3人が「エッ！　モズクは間違いなの？」と不正解。海のモズクは海草です。字について、機嫌がいいの「機嫌」を「気嫌」、「先立つ不孝」を「先立つ不幸」と間違えた話。「汚名挽回」は新聞などでよく見るが、汚名を取り返してどうするんだ、挽回するなら名誉で、汚名は返上するものだという突っ込みもある。脇野さんと股野さんが結婚することになった。それまで誰も気がつかなかったが、披露宴の第一声で場内が爆笑になったという。司会者はこう言っただけなのだ。「ただ今よりワキノケとマタノケの…」

平成23年10月16日（日）

『定本艶笑落語』（小島貞二・能見正比古編＝立風書房）から「天狗（てんぐ）の鼻」。吉原のお店で、花魁（おいらん）衆がお客を迎える準備。湯から上がってもろ肌脱いでふくよかな胸のふくらみなんぞ丸出しにして、顔から襟元へ白粉をぬってお化粧のまっ最中。ちょうどその時、天狗が飛行の術を使って空を飛んできた。廓（くるわ）の上から下界をのぞくとその光景ですからたまりません。クラクラッとした拍子に術を忘れてドシーン！　落ちたところが庭で、築山のところにあの大きな鼻がブスッと突き刺さった。さあ、もがいたが抜けるもんじゃない。若い衆など気の毒がって、寄ってたかって手助けするがダメ。その時、化粧をし終えたのがひとりの花魁で、さすがにお職の貫禄でございます。人を制して、庭ゲタつっかけて、ゆっくりそばへ寄り、ふところから桜紙を出しまして、天狗の鼻のところをチョイとつまんで「さあ、主、抜きなンし」

平成23年12月11日（日）

読者に好評の『定本艶笑落語』（小島貞二・能見正比古編＝立風書房）から「嫁の力」の一席。親子そろってお道具の力自慢をしておりますうち、土瓶を一物にひっかけて、ぶら下げたままで2階へ上る競走をすることに。2人してピーンとおっ立てたやつに土瓶をひっかけて、階段をのぼり出す。息子の嫁も母親のほうも応援団きどりで階段の踊り場から声援をおくっておりますと、３段、４段上がりますうちに、どうしたことか、息子のほうが見る見るおとろえまして、土瓶が落っこちそうになった。さあ、お嫁さんは気が気じゃない。「ちょいと、おまえさん、しっかりおしよ！　そうだおまえさん、これごらんよ！」てんでヒョイと前をまくると、そいつを見た息子のほうが、見る見る勢いづく。負けてはならじと、母親のほうも「おまえさんもこれをごらんよ」これまた前をまくると、とたんに土瓶が、ガラガラガッチャーン。

平成24年2月19日（日）

『世界の日本人ジョーク集』（早坂隆著・中央公論新書刊）は6年前初版から10カ月で17版を重ねたバカ売れ本。その中から「キョウトの夜」をご紹介。ニューヨークのビジネスマンがキョウトを訪れ、売春宿へ行った。ニューヨークに戻った彼は、その時の体験を友人達に自慢した。「まず部屋に通されるとタタミの上にフトンが敷いてある。部屋の中は神秘的な香りに包まれていてね、独特の楽器の音色が少しだけ耳に届いてくる。まったくニューヨークでは絶対に体験できないことばかりだったな」。彼は続けた。「やがてキモノを来た女性が入ってくる。顔を白く化粧していて、何ともミステリアスなのさ。彼女はサケを注いでくれて、そのあと一緒にフトンに入るんだ。本当にニューヨークでは味わえない体験さ」。「それで、そのあとはどうなった？」。友人は鼻息荒くそういった。「そのあと？　そのあとはニューヨークと同じだったよ」。

平成26年1月25日（土）

コラム読者のお便りでは、艶笑話が好評。今回は『中国笑話選』（松枝茂夫・武藤禎夫訳＝東洋文庫刊）の「女の知恵」というお話。主人父子が召使いの女房と通じていた。ある時、若旦那が女房の部屋へ行き、まだベッドに上がらぬうちに、親旦那が部屋の前に来た。女は若旦那をベッドの下に隠し、親旦那を部屋に引き入れた。まもなく帰宅した亭主の靴音がした。旦那様は大あわてにあわてた。女はとっさに「ご心配には及びません。親旦那は丸太棒を持って、怒った顔をして部屋の外へお出なさい。あとはうまく言い訳しますから」。親旦那は女の言う通りに部屋を出て行った。亭主は部屋に入ってきて「どうしたんだい」と聞く。女は「若旦那様が大旦那様にあやまちを犯したので、大旦那様が丸太棒を持って、ぶん殴ろうと捜しにいらしたのよ」。「若旦那はどこにいらっしゃる」。女はベッドの下を指して「ここにかくれていらっしゃるわ」。

その他

平成17年1月23日（日）

石田純一を振った長谷川理恵さん「今も純一さんが好き」と言ったとか。別れても好きな人、男女の別れはかくありたいもの。別れてもイヤなヤツもいる。一緒にいるときからイヤだと思っていたが、別れた後も思い出すだけで虫唾（むしず）が走るという最悪のケース。別れたら好きな人、一緒にいるとイヤだったが、別れて見ると案外よさに気のつくパターン。別れたらイヤなヤツは、一緒にいるときはラブラブだったのに、別れたとたんに「何であんな男（女）が好きだったのか」と気がつく。このケースが一番多い。別れの経験者の皆さん、あなたはどのタイプ？

平成17年2月13日（日）

チャールズ皇太子の再婚、60近くなって、30年に及ぶおつき合いの末とはご立派。普通の夫婦なら、とっくにけん怠期も過ぎてる。お互い不倫だったから愛情が冷めなかったのかもしれぬが、よほどカミラさんとの相性がいいのだろう。それにしてもイギリスの王室は開けている。王位継承者の不倫相手との再婚を認めるのだから。不倫をするといっても、皇太子にはボディーガードがついているはず。誰かが手引きしなければ簡単にはできない。それだけ行動の自由があったということ。雅子さまの外国訪問を制限する宮内庁、もっと自由にさせてあげなさい。

平成17年2月19日（土）

ＪＴ社員がタバコ産業の将来に見切りをつけ、希望退職者が急増しているという。アメリカでは90年代以降喫煙者からの訴訟で原告勝訴が増加。州政府まで「タバコの害によって政府が支出した公的医療費を払え」とタバコ会社を訴えた。結局和解が成立したのだが、タバコ会社が州政府全体に払う金がハンパでない。25年間に合計２０６０億ドル（21兆円）。この支払いのため、タバコ代は倍以上に値上がり。しかし、この政府に払われる金のほとんどが、一般財源として使われており、愛煙家が国民の増税負担を一手に引き受けた勘定になった。愛煙家はつらい。

平成17年3月6日（日）

東京地検に逮捕されて車に乗り込む堤さんを見送る西武社員たちの直立不動の姿は、彼の独裁者ぶりを象徴していた。ワンマンではダイエー中内さんも負けていない。店を視察した中内さんが、気に入らない商品や陳列を見ると台をひっくり返した話は有名だ。会社が大きくなる過程ではワンマンも必要だが、ある程度の規模になれば1人では治められない。自分に苦言を呈する人を遠ざけた堤さん、残ったイエスマンたちは役に立たず、たった1人だけ逮捕されてしまった。「プリンスを出て行く先はプリズンへ」。ぜいたく好きの堤さん、かわいそうだなあ。

平成17年3月13日（日）

文藝春秋が「消えた昭和」と題し、各界の著名人に昭和の郷愁を語らせている。蚊帳（佐藤愛子）和式便所（齊藤孝）駄菓子屋（泉麻人）など、懐かしいものがたくさん。副題が「日本人が失くした暮しと心」だが、私があげたいのは「約束（を守る）」。武士に二言はないというセリフの通り、昭和の男は、たとえそれが口約束でも必ず守った。平成の今、約束なんぞ、あってないようなもの。ヤミ金業者を擁護するわけではないが、借りるだけ借りて返さず、法律の助けを求めるヤツばかり。国が年金の約束を勝手に破る世の中「約束」を守る人は国宝。

平成17年5月15日（日）

週刊誌の売り上げランク異変。以前はポスト・現代が上位だったが、最近の調査では1位文春、2位新潮、3位ポスト、4位現代。4誌とも私の愛読書、コラムのネタにしてる。ポスト・現代に比べ文春、新潮は硬派、特に両誌は大新聞に対する対抗意識が強く、モロにわたり合うのが面白い。ポスト・現代の軟派路線はやや中途ハンパ。毎週杉本彩では飽きがくる。その1位の文春に、本誌おなじみ青木るえかさんが辛口コラム「テレビ健康診断」を書いている。テレビ番組や出演者批評をするのだが、毎回、こんなヒドイこと書いてエエのかと思われる痛快なコキ下ろし。そのうち損害賠償訴訟を起こされるかもしれんが、なーに、敏腕弁護士がついてる。もっと切りまくってくれ。

平成17年5月21日（土）

平成14年の1年間に、日本全国で離婚したカップルは約29万組、人口千人当りの離婚率は2・3%。アメリカの4・0には及ばないが、平成元年に15万件だったのと比べると、その急増ぶりはすごい。府県別で離婚率の高いのは大阪がトップの2・87、2位沖縄、3位北海道。逆に少ないのは島根の1・64、新潟、富山がつづく。少ない方は家族のしがらみや、世間体を気にしてのことと思われるが、多い方でなぜ大阪が断トツなのか。沖縄以外でも福岡、和歌山、宮崎などが離婚率の高いところを見ると、暖かい地方は離婚について大らかなのかも知れないが、大阪のオバちゃんに代表されるように、大阪女性は本音で生活をして、エエかっこしないというのが、トップの座の理由か、大阪の男はたまらんなあ。

平成17年5月28日（土）

長年、家裁調査官、調停委員をつとめた新田慶さんの『反離婚のすすめ』（日本加除出版）は、分かりやすい表現で離婚の実態を解説したすばらしい本だ。その中に「離婚の多い家系」という項目がある。アメリカの統計では、両親が離婚している人の離婚率が高く、日本でも同様の感があり、その理由を新田さんはこう分析する。周囲に離婚歴のある人が多いと、離婚が特別に例外的現象ではなく、離婚して元気に頑張っている人を見れば、抵抗感も薄れる。また離婚しやすい性格（情熱的ロマンチスト、完ぺき主義、忍耐力の希薄、わがまま自己中、異性にルーズ）は、親から遺伝したり、同じ家系に共通するのかもと。今離婚問題で悩んでいる人、この本を読んでください。役に立ちますよ。

平成17年6月26日（日）

出版ブームである。「あなたの原稿を本にしませんか」という広告が目立つ。私もこれに乗って『勝ってみせます！』を出版したが、本屋の店頭に並べてもらって自尊心をくすぐられただけで、入った印税はたった3万5000円。よほど売れないと本は儲からないが、ベストセラー№1を維持してる本がある。時刻表。電車や飛行機の時間が変わってたら大変だから、毎月出る新しいものを買う会社が多い。出版元のＪＴＢのドル箱だろう。もうひとつのベストセラーは六法全書。法律が変われば古いのは役に立たないから、弁護士、裁判官、検察官、会社法務部、法学部の学生と需要範囲は広い。著者への原稿料や印税はいらないから印刷代と紙代だけ。朝令暮改のおかげで六法出版社の安定収入。

平成17年7月3日（日）

先週土曜、横峯さくらと1ラウンド回った。ギャラリーとして。パパは若干お疲れで（翌日ダウン）、名物の親子ゲンカは見られなかった。日曜には見せ場をつくったさくらだったが、彼女の敵は同伴競技者のイジメではないかと思った。お互いライバルだから、口をきかないのはまあいいが、17番のショートホールで3人が1オン。さくらがピンに一番近かった。先にプレーを終えた先輩2人は、まださくらのパターが残っているのにさっさと次のホールへ行ってしまった。ゴルフはマナーのスポーツ、同伴者のプレーを最後まで見届けるのが礼儀だし、終了後、同伴者のスコアに間違いがないか確認するアテストという義務がある。お2人さん、さくらの申告を信用されたのですか？

平成17年7月16日（土）

「大阪弁護士野球団ＯＢの先生方へ」という手紙がきた。45年前、私は大阪チームのエース、ハエトマリボールとヤジられながらも、絶妙のコントロールで10年間マウンドを譲らなかった。今年秋に大阪ドームで日弁連の全国大会をやるので応分の寄付をお願いしたいという文面の最後に、ＯＢ戦も行いますと書いてある。「応分っていくらや」と内心舌打ちをしながら幹事に電話。「寄付はエエけどワシに投げさせてくれるか」「どうぞどうぞ、先発で投げてもらいます」と敵は寄付心をくすぐる。「なんぼ出すねん」「申し上げにくいんですが10万、いかがですか」「よっしゃ、10万でマウンド買うた」と高い買い物。ただ、心配はホームにボールが届くかどうか、当日は救急車待機が必要。

平成17年7月30日（土）

イタリアの車は車間距離をとらない。乗ったバスが大きなトラックに2メートル程に接近して走ると怖い。運転手の言い分は、車間をあけると割り込んで来る車がいるから余計に危険だという。見ているとほんのわずかなスキ間があると強引に突っ込んで来る。車庫証明なしで車が買えるので、街は車であふれ、歩道には車が並んでいる。ユーロになってイタリアの物価は倍になり、新たにＥＵに加盟した東欧から移民が流入、不景気で失職者があふれている。しかし、生来陽気でアバウトな国民性、かせいだ金は全部飲み食いに使ってしまうケセラセラな人ばかり。ミラノで観光バスの運転手がどこかへ行って帰ってこなかったり、ホテルでは勘定をつけ間違えたりとか、仕事にはかなりいい加減なところはあるが、慣れれば暮らしやすい国だ。とにかくイタリアのワインがうまかった。

平成17年8月6日（土）

20年程前、私は副会長選挙で派閥責任者として運動をした。大阪弁護士会には7つの会派（思想、信条による集まりではなく、単なる仲良し団体）があって、5人の候補者が、4つの副会長席を争ったのである。運動員は縁を頼りに投票依頼をし、ボスは地位を利用して圧力をかける。しかし弁護士村といわれる狭い社会のこと、各弁護士はあちこちに義理があり、せっかくとれたと思った票は簡単にひっくり返される。連日、運動員の報告をもとに票読みをするのだが、自派の中にスパイがいて、こっちの票読みは他派につつ抜けになっている。幹事長の私は票読み表を2通作り、運動員用にウソの、幹部だけにホントの表を見せた。郵政民営化でせめぎ合う両陣営も同じようなことをやっているのではないかと思う。でも小泉さん、一番効果があるのは、民主党の議員に病気で欠席してもらうことですよ。

平成17年8月14日（日）

ケッタイな馬名の元祖はマチカネさんだが、小田切さんも負けていない。最近仲間入りしたのがシゲルで知られる森中蕃さん。これまではシゲルドントイケ、ガンバレ、コイコイとかけ声タイプだったが、今年の2歳馬は株シリーズ。シゲルフドウカブに始まりダイハッカイ、ハンドウダカ、ニンキカブ、オオビケ、カイノセ、シテカブ、ハジメネ、ヨリツキと株用語のオンパレード。森中さんは光証券の会長で、大阪証券業界の重鎮だから名前にはことめを替えてもらっている。おしめがとれ、出走したら応援してあげてください。

れ、一瞬ためらったがそのまま登録したそうな。オシメガイ君（牡）現在飯田明厩舎でおし

シゲルオシメガイという名前を登録申請した時、ＪＲＡに「おしめ替えるんですか」と言わ

欠かない。先日、てんぷら屋「喜太八」で森中さんに会った。森中さんに馬名の話をしたら、

平成17年8月27日（土）

古本屋で買った『離婚する決心・離婚しない決心（自己診断テスト付き）』（平成家族問題研究会編＝旺文社）。定価１４００円のこの本が１００円で売られていたのは書き込みのせい。夫婦関係チェックテストに○×マークがぎっしり。前所有者は女性だったらしく、各診断の自己該当部分にきちょうめんに印がついている。「もう一度、結婚前に戻れるとしたら今度は別の人と結婚する」「夫と将来について話したことはほとんどない」「夫の好物と言われても具体的に思い出せるものは少ない」「夫から何かお願いされるとウザイ」「はっきり言って夫のセックスは自分本位だと思う」「夫は私の欠点を自分の親に告げ口する」などの項目には総て○が並び、かなり危機的状況。結婚のきっかけについて「今しないともう結婚できないような気がしていた」も○。負け犬の皆さん、あせってはいけませんぞ。

平成17年9月19日（月）

滋賀県の病院で医師が手術中に患者の頭を殴ってケガをさせ、停職3カ月になった。局部麻酔をしたお年寄りが「痛い！　やめてくれ」と体を動かしたとき「じっとしておれ、黙っていろ」と手で頭を殴ったのは30代の男性医師。最近、医師の国家試験では人間性を見るテストもあるというのに、どうしてこんな医者ができるのか。こんな医者は停職よりも免許を取り上げなければ。昔、お尻にデキモノができて近所の医者へ行った。「ここへ寝てください」とベッドを指さした看護師は20代の超美形。「ちょっと切るだけだから麻酔はしませんよ」と医者はメスを取り出し、こっちが覚悟をきめる間もなくブスリ。「イテテテ！」と飛び上がったら、美人看護師が「静かにしなさい。何です、このぐらい」。ピシャ！とケツを平手打ち。痛みと快感が……。ナース物のＳＭビデオの監督もこんな経験があるのだろうか。

平成17年11月6日（日）

以前紹介した男の一品「梅タマ」（梅干をちぎって卵に混ぜて焼くだけ）は読者に好評だった。その第2弾、といっても料理と呼べるものではない「塩豆」。ソラ豆を乾燥させて煎った通称ハジキ豆に塩と水が材料。豆の皮をむいて一晩塩水につけておき、翌朝ザルに揚げて出来上がり。あの硬い豆が軟らかくなり、塩味がしてビールのつまみに最高。小学生の頃、ハジキ豆を袋に入れて越中ふんどしにぶら下げて海水浴に行き、海から出て来て食べたのがヒント。歯の悪いお年寄りでも食べられる。もうひとつは「菜めし」。大根の葉のうち中心部の緑色の軟らかい部分を塩でゆで、細かく切って熱いご飯にかけるだけ。スーパーに売ってる大根は葉がついていないが、かわりにかいわれ大根でもいい。塩がきいてないときは、葉っぱにしょう油をかけてもよろしい。安いし栄養満点、ご飯がすすみますぞ。

平成17年11月26日（土）

熟年離婚が増加の一方らしい。テレビドラマも話題になっている。ほとんどが女性からの申し立てというのが恐ろしい。その理由も「これからは一人で、のびのび自由に暮らしたい」という。男から見ればまことに勝手な言い分だが、女性に言わすと「何十年間我慢してきた」。家族のために会社人間で働いてきたのに、と嘆いてももう遅い。子供まで母親の味方をして「お父さん、男らしく別れてお母さんを自由にさせて」なんてことを言う。いざ別れてしまうと、家庭のことを全くしてこなかった男は弱い。外食ばかりで早死に。再来年から厚生年金についても半分までは妻のものにできる。ますます熟年離婚は増える。亭主の方も日頃から家事の訓練が必要。昔、小中学生で男も家庭科というのがあって、ぞうきん縫いをさせられた。あれを復活してもらおう。それに大事なのはへソクリ。しっかり貯めなはれ。

平成17年12月3日（土）

今週、大阪ドームで日弁連野球大会があった。弁護士の野球とバカにするなかれ。全国21

チームがブロック予選を行い、勝ち抜いた8チームが2日間トーナメントを戦う。アナウンス、スコアボード、スピードガンまでついて球場はプロ仕様だが、選手のレベルは草野球。講評の板東英二さんに「原っぱでやりなはれ」と言われた。結果は東京が苦戦しながらも7連覇を達成。テレビでおなじみの北村晴男監督が胴上げされた。試合の合間にオールドスター戦（ドが余計だ）が行われ、私も寄付で買い取った先発投手の権利を行使。マウンドに上がってホームベースを見ると遠いこと遠いこと。2、3球投げるとキャッチャーが飛んで来て小声で「前から投げなはれ、審判も相手チームもOKしてます」。恥をしのんで1メートル前から投げる。1回を無失点でヤレヤレ。スピードガンで一度だけ80が出たそうな。

平成17年12月4日（日）

長らく音信のなかった友人の奥さんから封書が来た。中には本人名義の手紙。「拝啓、生前は大変お世話になりまして誠にありがとうございました。お蔭様で楽しい人生が送れました。心から御礼申し上げます。家族の者に葬式はしない様に申してありますので、失礼ながらこの御挨拶をもって、お別れさせていただきます。これからしばらく（49日間？）淋しい一人旅になりますが、やがて両親を始め、なつかしい人にいっぱい会えると思うと少しも淋しくありません。向うでは地獄極楽めぐりの観光事業でも始めましょうか。今度生れかわって来る時は女性になろうかと思っています。今回は、ちょっと真面目過ぎたので次回は少し波目をはずしてやろうと思います。一足お先に参りますが皆様はどうぞ出来るだけゆっくりしてからお越し下さい。お待ち申しております。合掌」。お葬式より心を打たれた。

平成17年12月10日（土）

増税というとお上は真っ先にタバコと酒の税金を上げる。酒税は酒の種類によって税率が異なるが、税率の安い発泡酒が売れるとすぐにビール並みにして、国民から収奪する。1キロリットル当たりの税金が一番高いのはウイスキー（40万9千円）。ビールは22万2千円、清酒は14万5百円。しかし、消費量は圧倒的にビールが多く、平成15年度の酒税収入約1兆6千億のうち、ビールは54％と半分以上がビール党のふところから出てる。ワイン1キロ当たりの税金が7万円余と突出して低いが、これはEUの圧力によるものとか。酒税ほどいいかげんな決め方をされている税金はない。取り易いところから取るのは当たり前とやりたい放題。間接税だから、直接影響を受ける職業団体はなく、反対運動も起こらない。愛酒家諸君よ、立ち上がれ！　反対運動のための集会を開き、一杯やって気勢をあげよう。

平成18年1月29日（日）

私のそば好きは再三書いたが、食糧難時代に育ったせいか、腹いっぱいにならないと食べた気がしない。普通の店では必ず大盛り、ゴリラも食べたことがある。ゴリラは大ざるの上、つまりトリプル。行きつけの出石そば「そば義」（宝塚、西宮カントリー近く）ではこのごろでこそ15枚だが以前30枚の記録もある。電車の中で高島屋大いわて展のそばの写真を見て、わんこを食べに行った。盛岡そば所「東家」のノレンをくぐって座るとエプロンを貸してくれ、大きなおわんと薬味が出る。若いお姉ちゃんが、運んで来た小さなおわんから、ハッ！ヨッ！ヨイショ！とかけ声をかけながら大きなおわんにそばを投げ込む。次第にギャラリーが集まり、こっちも気合が入る。45杯食べたところで（腹九分だったが）ストップ。帰りに「わんこそば45杯！　みごとに平らげました、立派です」という手形をくれた。

平成18年3月4日（土）

私は「水戸黄門」の大ファン、月曜日はなるべく早く帰って見てる。スポンサーは松下グループ。去年のストーブ事故以降、水戸黄門のコマーシャルは「おわびと回収のお願い」一色となった。始めから終りまで。これでもか、これでもかとおわび広告が続く。事故を隠したがる会社が多い中、あれだけテレビで堂々と欠陥商品の回収を呼びかけるとは立派なものと感心していたら、ある友人がこう言った。「あの欠陥ストーブで松下が使った費用は３百億近く、でも回収広告のおかげでナショナル製品への信頼度は大幅にアップ、売上げも２千億増えたというで。さすが松下、転んでもただでは起きへん。それに引き換え、ヘタ打ちの見本が三菱自動車、消費者からのクレームにまともに取り合わず大損こいた。エラーをチャンスにする吉本の芸人と一緒の発想や」。なるほど、関西の会社は逆境に強い？

平成18年3月11日（土）

私の家は築20年、その間外壁塗装を1回しただけなので、壁の色はくすみ、ヒビ割れもある。そのせいでリフォーム業者の攻勢にさらされている。土日には必ず業者から電話セールス。「本人はルスです」というと「失礼ですがご家族の方ですか」とねばる。「ハイ、ワタシはここの年寄りでな、留守番に来てまんね」としゃがれ声で撃退。チラシもよく入る。先日来た1枚のチラシが目に止まった。「悪徳リフォーム業者チェックリスト」①無料点検させてくれ②見本、実績のために工事をさせてくれ③すぐ契約を迫る④大幅な値引きをする⑤しつこく通ってくる⑥担当営業がすぐ変わる。予防策は①すぐに契約しない②理由をつけて家に入ろうとする業者は相手にしない③3社以上の相見積もりを取ると親切丁寧。裏面に「当社は技術はあります、自信もあります、でも営業は苦手です」。参考になりました。

平成18年4月2日（日）

大学受験も終わり、「東大」の文字が週刊誌をにぎわしている。今年は例年の常連校が合格者数を減らしたというが、それでもベスト20のうち公立校は3校だけ、中高一貫教育の有名校が合格者の3分の1近くを占める。合格者の両親の話を読むと聞くも涙の物語。私学、塾の授業料の金銭面だけでなく、生活面でも総て子供優先。昔、２人の子供を東大に合格させた（医学部と法学部）母親は「子供が勉強している間、テレビを見るなんてもってのほか。外出もしませんでした」と言っている。でも、こんな子供中心の環境で育った子供が他人の痛みを分かる人間になるはずがない。きっと自己中心的な医者や世間を知らない裁判官になるだろう。「そんなことまでして、子供を東大にやる必要はない。東大でなくてもやさしい子供がいい」と言ったら横から声あり。「東大生でない自己中はいっぱいいるで」。

平成18年4月15日（土）

小学館文庫『青い目の「債権取り立て屋」奮闘記』を書いたのはスティーブン・ギャンさん。アメリカ人の彼は１９８７年に日本モトローラに就職、92年から日本で債権回収代行会社を設立し、その回収業務の苦労話がユーモラスに書かれている。ああいえばこういう債務者を、どのように攻めるかというノウハウは参考になる。彼の分析した言い訳ベスト５。第5位・親せきに不幸があって田舎に帰ってる。しばらく戻れない。第4位・親（子供の場合も）が病気で入院して出費がかさんで払えない。第3位・従業員が勝手にやったので会社は関係ない。従業員は退社して居場所は分からない。第2位・払う意思はあったが、債権者にひどいことを言われたので払う気がない。第1位・取引先が払ってくれないから払えない。われわれが売掛金を請求するときの債務者の言い訳もほぼ同様。お商売してる人、とても役に立つ本ですよ。

平成18年5月20日（土）

石原都知事が週刊女性のインタビューで「僕がいってるんじゃないが、文明がもたらしたもっとも悪しき有害なものはババアなんだそうだ。女性が生殖能力を失っても生きてるってのは、無駄で罪ですって。なるほどとは思うけど、政治家としてはいえないわね」と発言。怒った女性グループが、謝罪広告と損害賠償を請求。東京地裁は請求を棄却。裁判所は、石原発言は「憲法に定める個人の尊厳や法の下の平等に反し不適切」とは認めたが、「生殖能力を失った女性」という一般的抽象的な存在についての見解を述べたもので、個人を対象としたものではないから個々人の名誉が毀損されたとはいえないとした。又、人格権を侵害された（つまり不愉快な思いをした）との主張も同様の理由で認めなかった。ちなみに3人の裁判官の1人は女性。原告側は控訴したが、さて、控訴審の判断は？

平成18年6月3日（土）

青木るえかさんが、週刊文春の「テレビ健康診断」で、テレビに出てくるヤメ検の発言やたたずまいについて「エラそうにふつうのことを言う」と噛みついていた。橋下さんのようなタレントとしてではなく、まじめな報道番組などではヤメ検は刑事事件のオーソリティーとして重宝されている。いわゆる法律の専門家として視聴者に分かりやすく解説をする弁護士らしい仕事なのだが、るえかさんはクサミが抜けていないと指摘する。確かにその通り。我々同業者から見ても、弁護士というよりは元検察官がしゃべってるように見える。何十年も被疑者を取り調べていると、人を威圧するような態度が身についてしまうのだろう。法律の解説なんて、弁護士なら誰がやっても同じだが、テレビ局は元肩書のある人の方が信頼性があると思うのか。有名事件の弁護で、ヤメ検に依頼するのもお上尊敬の風潮かも。

平成18年6月10日（土）

新聞、週刊誌の発行部数はあまりはっきりしない。知れるとコケンにかかわるのか、あるいは広告料収入に影響するのか、各社とも公表したがらない。先日、私の『勝ってみせます！』を出版してくれた会社から、本の広告料金表が送られてきた。それによると、新聞の発行部数は読売がダントツの１０１６万部、朝日８２５万部、毎日４００万部、日経３００万部、産経２１７万部。ところが、広告料では朝日は１３０万円（サンヤツという大きさはどのくらいか分からんが）と読売の75万円の倍近い。以下、日経60万円、毎日40万円、産経20万円。地方紙では発行部数２７２万部の中日新聞が広告料も20万円余と全国紙並み。週刊誌のトップは発行部数80万部の文春が、広告料も（１／３ページ）32万円と他を圧倒。広告収入で成り立っているマスコミの姿を見ると、大新聞といえども、頭の上がらない先があることが分かる。

平成18年8月13日（日）

8月15日が近づくと、新聞は反戦記事と靖国論争で埋められる。終戦のとき私は小学5年、満州の疎開先で玉音放送を聞いた。奉天（現瀋陽）の小学校では、天皇は「アラヒトガミ」と呼ばれ、普段カーテンをかけられた講堂の天皇の写真（御神影）は、紀元節のときだけ1分程開けられるのだが、生徒はこの間最敬礼をしなければいけないので、天皇の玉顔は拝しないまま終戦となった。日本に引き揚げてから、天皇が各地に出かけ、子供達が日の丸を振って出迎える中を手を振りづつける姿を見て、「人間天皇も大変やなあ」と思ったものだ。神が人間になる、という衝撃的な時代の転換、私はこのときから国家権力を信じることができないと思った。そして、その国家権力のちょうちん持ちをして戦争をあおったマスコミは絶対信用するまいと決心した。平和への道は、国とマスコミを信用しない事。

平成18年9月10日（日）

地下鉄などで弁護士の広告を見かけるようになったが、弁護士会には広告に関する規則があり、「運用指針」で具体的な例をあげている。パーティーなどで名刺を交換するのはいいが、街頭で不特定多数の人に弁護士の名刺を配るのはダメ。飲み屋で居合わせたお客に手当たり次第名刺を渡してお近づきになる私の行為はスレスレ？　過度に期待を抱かす「どんな事件でも解決します」、あいまいな「割安な報酬」もアウト。「法の抜け道教えます」「競売止めてみせます」などは脱法、もみ消しを示唆すると許されない。「用心棒弁護士」なんていいキャッチフレーズだが、品がないという理由で使えない。一方「市民の味方です」「闘う弁護士」ならＯＫ。広告方法としてサンドウィッチマンを使う（そんなヤツおらんで）のは不適切。風俗店、消費者金融店内での広告もダメ。したら客が押しかけると思うなあ。

平成18年9月16日（土）

秋篠宮のお子さんの名前が「悠仁（ひさひと）」と決まった。ゆずの北川悠仁が喜んだというが、同じく「悠」の字を持つ私もうれしい。電話で「悠」の字を説明するとき「しゅうしんのしゅうの3本ないやつの下にこころ」とややこしい説明をしなくても「秋篠宮のお子さんの名前」といえば分かるようになる。昔「悠」は人名用漢字で一般的ではなく、女性の名前だった。大学の最初のゼミで「まとばゆきさん」と呼ばれ「ゆうきです」と返事をしたら、教授に「なんや、男か」と失望されたことがある。天皇が即位後初めて行う新嘗祭（1年の豊作を祝う皇室の神事）で供えられる穀物を供出する地域とその斎場を「悠紀（ゆき）」「主基（すき）」というが、これが私の名前の由来。新宮を産んだのは「紀」子さま、私の名前は皇族の仲間入りをした。皆の者、このコラムはモーニング姿で正座して読まなあかんぞ！

平成18年10月1日（日）

新大臣になった高市早苗さん。彼女の担当は沖縄北方、他にイノベーション（いったいナンダ）、科学技術、食品安全、少子化、男女共同参画と多数。10年ほど前、彼女と北新地で会ったことがある。テレビ、ラジオで有名なリリアンの店。独身だった彼女のミニは膝上30位で、ピチピチのふとももはまぶしかった。選挙で落選した直後でショゲていた彼女は私に「なんでワタシ落ちたんやろ」と涙顔。「弁護士がこんなんゆうたらあかんけど、事前運動足らんかったんちゃう。捕まらんように事前運動せな」というと「そうかなあ」と素直。帰りに私が持ってたロールパンをあげると「アリガト」とニッコリ笑った顔が可愛かった。前回の選挙、彼女は選挙区を変更、事前運動なしで当選した。先日ＮＨＫでインタビューしてた彼女、熟女のお色気に貫禄がついていたが、スカートは長くなっていた。

平成19年1月8日（月）

「ピンポン」の音に「ハーイ」とインターホンに出ると「近所の山本と申します」「ハァ？どちらの山本さん」「この町内の山本です。今日はちょっと人生のことについてお話がしたいと思いまして」。どうやら宗教の勧誘らしい。「いや別に人生を考えるほど悩みはありまへんが」「少しだけお時間いただけませんか」としつこい。「今ちょっと大事な仕事してまんねん（実は競馬観戦中）時間ありまへん」ガチャン！と撃退。この間にレースは終わっていた。ほんまに腹立つ宗教屋め！　そもそも宗教なんて自分で信心するのは勝手だが、人に押し売りするものではない。個別訪問して勧誘するヒマがあるなら町内の掃除でもした方が人に喜ばれる。我家の玄関には「セールスお断り」というシールが貼ってあるが、宗教屋さんにはききめがない。そこで宗教撃退のシールを考えた。「当方、宗教家」

平成19年1月21日（日）

大阪市大で桂春団治一門が出張講義をするという。大阪落語についての教養講座だそうだが、本物の落語も聞ける、一般の受講者も参加できるとあって教室は満席になるだろう。私もかねてから司法修習生の授業に、落語や講談をとり入れて、話の間、しゃべり方を勉強させるべきと主張している。裁判員制度がもうすぐ始まるが、法律の素人に、分かりやすく話をしないと理解できないし、書面を棒読みする弁論はたいくつで眠たくなる。弁論にはツカミも必要、落語・講談はツカミの宝庫だ。難しい法律用語を分かりやすく、かみ砕いて話をする要領についての講師としては浜村淳さんなど最適。人の話を上手に引き出す技術についてはアナウンサーの話も参考になる。２年くらい前、旭堂南陵師匠と飲んだとき、素人に講談を教えているという話を聞いた。今から弟子入りして、弁論の腕をみがこうかな。

平成19年2月4日（日）

「老妻はつらいよ」と題した朝日新聞の記事。愛媛県の医師が60～84歳の男女について5年間調査をした結果、夫のいる妻の死亡率は夫のいない妻に比べて2倍に達し、逆に妻のいる夫の死亡率は妻のいない夫の半分以下ということが分かった。理由は、夫のいる妻は夫の妻への依存で負担がかかる一方、妻に先立たれた夫は身の回りを助けてくれる存在を失い死ぬ危険性が高まるということ。夫は普段から家事を覚えて自立することが必要。愛媛大学医学部教授（加齢制御内科学＝こんな学科があるとは知らなんだ）三木哲郎さんの話「高齢者の男性の中には考え方が古く、妻に威張る人も少なくない。共同で家事をすることも多くないだろうから、１人でも生きていける女性に負担がかかるという考察はうなずける。これからは負担をかけるような男性は離婚される場合も増えるだろう」。老夫はつらいよ。

平成19年3月31日（土）

久しぶりに北新地の高級クラブへ行った。もちろん自前ではなくご接待。やって来たピチピチギャルのTちゃん、胸元からポロンとこぼれそうなオッパイをゆらしながら「イラッシャーイ」と座る。身長１６２、87・59・90という見事なプロポーションの彼女に「誰かに似てるなあ」というと向かい側の女性が「上沼恵美子」。「そんなん失礼やわ」という彼女に「誰に？」「もちろん上沼さんや」と楽しいキャッチボール。22歳、有名女子大生という彼女は水商売歴6年という。「エッ、高校生からやってんの?」「そう、16からキャバクラ、水商売ひと筋。好きなお酒飲めてお金もうかる、こんなエエ商売ないわ」とアッケラカン。待てよ、学校は一体どうなってんだ。でも10年後、Tちゃんは北新地でママになってるだろう。同じテーブルに来た2人も同じ女子大の学生。この大学にはホステス科があるのか。

平成19年4月8日(日)

中坊公平さんが大阪弁護士会に弁護士登録申請をしたという。彼が弁護士登録を取り消したのは、東京地検から詐欺容疑で被疑者として取り調べを受け、起訴を免れるためであったとされる。検察は弁護士を廃業したことのほか、私腹を肥やすものではなかったとして起訴猶予。事件は、住管機構社長時代に同機構が担保にとっていた不動産を売却処分するに当たり、他の担当権社に実際の売却価格より安い値段を知らせ、抵当権抹消の解決金を安くしようとしたもの。ウソをいって住管の取り分を多くしようとした行為は公職にある者としては信頼を裏切る重大な行為。1年4カ月でホトボリが冷めたと再登録しようというのはいかがなものか。これに関しての中坊法律事務所のコメントは「個人的なことなのでコメントしない」というのもおかしい。おまえの事務所の問題だろー。さあ、大阪弁護士会、どうする。

平成19年5月5日（土）

野球特待生制度、全国の有名校（中には無名もあるが）３７６校が自主申告。高野連はその多さに驚いたというが、世間はオドロかない。聞いたことのなかった田舎の高校が甲子園の常連校になるためには、有力選手を集める必要がある。甲子園へ出たい球児と、野球で名をあげて少子化の将来を生き残らねばならぬ高校が、特待生制度で結びつくのは当然の帰結。高野連は特待生は憲章に反するというが、本当に禁止しなければいけないことなのか疑問に思う。私学や塾では勉強のよくできる生徒を特待生として授業料を免除してる。野球だって立派な能力、勉強ならよくて野球はダメというのはおかしい。もし、奨学金という制度に替えたなら（建前は将来返すということにしたら）それを禁止することはできまい。歴史の必修課目未修同様、現実とかけ離れた建前は何の解決にもならない。

平成19年6月10日（日）

依頼者から「東京の佐藤いう弁護士知りまへんか」と電話で問い合わせ。「佐藤なんてようけいてるで、下の名前はなんちゅうんや」「タカなんとかですわ」。名簿を見たがアカン。佐藤という名前は全国で２０７人、タカと名のつく東京の弁護士は９人もいる。あきらめたついでに弁護士の名前のランキングを調べてみた。トップは鈴木２９０。次いで田中２５３、３位高橋２２５、佐藤は４位、中村２０６。このうち名前まで同じ字の同姓同名は田中18組、鈴木15組、高橋14組、同じ弁護士会に同姓同名が4人もいることも。弁護士会が違えばいいが、同じ弁護士会に同姓同名がいるとややこしい。生年月日か特徴（頭のハゲてるとか）を言わないと電話をかけてもどの鈴木さんか分からない。鈴木さん、田中さん、子供には変わった名前をつけましょう。ちなみに的場は全国で8人、大阪で3人。私は年寄りの的場です。

平成19年7月15日（日）

最近、お役所や大企業の不祥事の監査や調査委員会の座長として登場するのは、検事長クラスを経験したヤメ検幹部。検察はときには政治家を逮捕し、官僚の腐敗を摘発する正義の味方水戸黄門というイメージがあり、世間に公正らしさを訴えるには最適の職歴なのだろう。確かに検察は悪を追求する職歴ではあるが「検察官一体の原則」というのがあって、常に上司の命令には従わなければならず、一検察官が個人の意見を通すことは不可能。幹部クラスともなると時の政権の影響を考え、政治的決着をはかることもしばしば起こる。従って調査や監査に当たっても、権力者（官公庁や大企業）との落としどころを考えてくれるという一種の安心感があるのである。根っからの弁護士で、お上と闘ってきた人は変な妥協はしない。厳しすぎる意見を出されると困る官公庁や大企業がヤメ検頼みをする理由である。

平成19年7月28日（土）

わが農園でキュウリのつるにカボチャがなった。1本のキュウリの根元の方からカボチャの葉をつけたつるがのびて、水ナスぐらいのカボチャが出来たのである。恐らくカボチャの台木にキュウリを接いだ苗だったのだろう。以前、ナスに接いだトマトの木からナスが出来たこともあった。接ぎ木の台になるのは、同じ科の一番丈夫な野菜で、例えばキュウリ、スイカなどは同じウリ科のカボチャ、トマトは同じナス科のナス。接ぎ木の効用は、病気にかかりにくいということで、苗の値段も4割ぐらい高い。土から栄養と一緒に病原菌も運ばれるが、台木の持つ免疫力で防ぐのだろうか。接ぎ木は科が違うとダメなようで、カボチャにトマトを接いだりはできない。「ウリのつるにナスビはならぬ」ということわざ通り。もっともこのことわざ、平凡な親にはかしこい子はできない意味。ウリよりナスの方が上？

平成19年9月16日（日）

国立国際美術館へ「ロシア皇帝の至宝展」を見に行った。ロマノフ王朝の日常生活品装飾品、儀式用品などが中心だが、金杯、宝石をちりばめた首飾りや王冠、儀式用の服などどれもぜいたくの限りを尽くしたものばかり。フランスのベルサイユ宮殿に代表されるように、時の権力者は国民から召し上げた税金で、後世の文化財をつくった。あまりやり過ぎて国民の怒りが爆発、王朝の末路は哀れなものとなる。権力者の搾取はケシカランことではあるが、その権力者が文化を育てたという功績があるのも事実。モーツァルト、バッハ、ヴェルディなど、偉大な音楽家が出たのも金持ち貴族のひ護のおかげ。世界中が民主化され、国民が税金の使い道を監視する現代では、後世に残す文化は生まれないだろう。文化が歴史の遺産だとすれば、グリーンピア施設も、役人のムダ遣いの立派な文化財かも。

平成19年10月8日（月）

コラムを3日続けるとネタが大変、と思っていたら繁昌亭の「糞尿特選落語会」というチラシを発見。「ニオイたつ、芳香落語会、下ネタだって芸術だ！」という宣伝を見ただけでハナシの内容が想像できる。こんな落語会聞きに行くヤツがいるのかと思って行くと、パイプ椅子まで出す超満員。女性客も2割位いたから、下ネタの好きな女性もいるものと感心した。出演は笑福亭一門の、たま、三喬、生喬、福笑の4人。松鶴の「相撲場風景」は下ネタで有名だが、福笑が演じた「矢橋船（やばせぶね）」という落語も酒と小便を間違えて飲む話。この日のための新作もあって、ハナシは冒頭から「ウンコ、ウンコ」連発の下ネタばかりで最後まで笑った。福笑師匠いわく「こんな下ネタ企画、笑福亭一門やからできるんでっせ。米朝一門はこんなことしまへん」に場内爆笑。好評につき又企画するとか。次行ってください。

平成19年11月3日（土）

日ハム・中日第5戦、8回裏が終わってトイレに行ってテレビの前に戻ると「ピッチャー岩瀬」のコール。場内もどよめいたが解説者もビックリ。この交替には賛否両論だが、私は「勝ち」にこだわった落合監督の作戦は間違っていないと思う。8回までパーフェクトに抑えたとはいえ、山井には疲れもあったはず、守護神岩瀬に任せる方が勝つ確率は絶対に高い。あと1回ぐらい投げられるとか、3勝1敗なら負けてもまだ有利、それより山井の記録（日本シリーズという歴史に残る快挙）をつぶしたとの批判も多いが、たった1球で勝負の流れが変わるのが野球。「勝つ」ことを仕事とする落合監督にしてみれば、当然の交替だったろう。企業のトップが情に流されるとつまずくことが多い。非情は企業のトップに必要な資質。だが今回の交替、勝つことだけではプロ野球の興味が半減することも世間に教えた。

平成19年11月17日（土）

昔、たかじんさんが「ポン酢は旭ポン酢が一番」とラジオでしゃべってた。家の近くのスーパーにも売ってるのでよく買ってる。先日、和泉市農協の野菜直売ストアでスダチの袋入りが売っていて、横に「ポン酢をつくりませんか」とつくり方の広告。1キロ入り2個買って挑戦、といってもスダチを上下ふたつに切ってしぼり、布でこしたものにしょう油を加えるだけ。少量の酢とみりんを加えると書いてあるが、私は甘口が好きなのでみりんをたっぷり入れた。味の素を入れるとよかろうと、レシピにはなかったが加え、指でかきまわす。キタネーと思われるだろうが、指の方が味（？）が出るような気がする。指をなめながら味見をして、酢とみりんで調整する。２キロで約８００ccのポン酢完成。我が家の白菜を切ってポン酢で食べると最高。皆さん、一度ポン酢づくりをしてみませんか。

平成19年12月8日（土）

昔、大道でゴムひも売りという商売があった。パンツのゴムがゆるむと入れ替えて使っていた時代である。まな板ほどの板に巻きつけたゴムひもを物差しに当てて「ハイ、１メートル、２メートル……」と計って売るのだが、計るときにゴムをたるませているようなふりをして、たぐるときにグッと引っ張り長さをごまかす。その手際は実に鮮やかだった。栗本鉄工所のダクトの長さ偽装事件の記事を見てゴムひも売りを思い出した。ゴムひもならパンツが下がってくるぐらいですむが、建築資材での偽装は事故につながるから許せない。家業の旅館を手伝っていた頃、私も偽装をしたことがある。宴会に出す酒の燗をするのが私の仕事だったが、1合徳利に酒を移す時、８勺（しゃく）くらいにして鍋につけ沸騰させると酒は徳利の口まで一杯になる。１升ビンから12本の徳利をつくる偽装である。お客様、本当にごめんなさい。

平成19年12月16日（日）

ゴルフ好きの友人N君から聞いたゴルフ名言（迷言）集から。「目の前に池があるからといってリキム必要はない。池を跳び越すのはあなたじゃなくて、小さなボールだけでよいのだから」「無心で打った生涯最高のナイスショット、あの時の快感は忘れられない。ただあの時の打ち方がどうしても思い出せない」「本当に上手な人は言い訳をしない。上手な人は上手な言い訳をする。下手な人は下手な言い訳をする。本当に下手な人は言い訳をしない」「レッスン書を読んでもゴルフは上達しないが、ゴルフが上達すればレッスン書の言ってることが分かるようになる」「ゴルフは3回も楽しめるゲームだ。すなわちコースに行くまで、プレー中、プレー後である。ただし内容は、期待、絶望、後悔の順に変化する」「ナイスショットの確率を数字に出してみればリキムこともなくなる」。その通りですねえ。

平成20年3月22日（土）

週刊ポストの「ユニーク手当と休暇」記事。モーレッサラリーマン時代は今や昔。家族やプライベートを重視する社員が増え、そんな社員のモチベーションを上げようと企業が考え出した手当や休暇を紹介している。マンション分譲N社は管理職対象に毎月最大30万円の「部下手当」。部下とのコミュニケーションを取るため、部下との会食や冠婚葬祭代を支給。しかし最近の若者達、おごってもらっても上司とは飲みたくないというのが多いから効果の方は？　食品メーカーのF社は、PTAや自治会の役員をしたら「地域役員手当」を月1～5千円を出す。退職後に地域に溶け込めるようにとの配慮。マーケティングのH社は女性ばかりの会社だが「失恋休暇制度」。失恋したら1～3日の休みがもらえる。ショックで仕事が手につかないという理由だが、「わたし、失恋しました」と申告する女性がいるか？

平成20年4月20日（日）

サブプライムローンで世界の金融機関の損失は総額百兆円を超えるといわれている。私が不思議なのは、この消えた百兆円が一体どこへ消えたのかである。サブプライムは不動産を買うときに金融機関が買い主に売買代金を貸しつける債権が、担保にとった不動産の価格の値下がりで担保割れになる損。銀行融資でもうけたのは不動産の所有者や業者、日本でもバブル期には土地成り金が高額所得者になった。金まわりがよくなればムダ使いするのが人の常、土地成り金から吸い上げた税金で「ふるさと再生」と1億円ずつ大盤振る舞いしたこともあった。でも、不動産の価格上昇には限度のあることは日本の例でも分かっていたのに、アメリカの政府や財政関係者は何をしてた。日銀も金融機関の検査の際「サブプライムには気をつけなさい」と指導するべきではなかったか。金融専門家も大したことないなあ。

平成20年4月26日（土）

先日ハワイへ行ったら空港で指紋と顔写真をとられた。近々ニューヨークでは透視カメラで人間を丸ハダカにして検査するとか、デバガメ検査官が喜びそうだ。ワイキキにある日本人経営の「ヒロシ」という焼き肉屋のご主人から聞いた話。アメリカは商売をするのにもすべて法律でガンジガラメで融通がきかない。例えば洗い場で雇った人に接客をさせてはダメ（違反すると罰金）。日本なら「店忙しいからお客に料理出して」と言えるのに。未成年者に対して酒を出すと罰金だから「IDカードを見せろ、持ってない」で客とケンカになる。ヒロシさんは言った。「でもねえ、逆にいうと法律さえ守っていれば何の問題もないですから、どんな法律でもしゃくし定規に守るようになります。日本よりやりやすいです」。多民族国家のアメリカでは習慣や人情は通用しない。法律に対しアバウトな日本は幸せ？

平成20年5月3日（土）

朝晩30〜40分のコジローとの散歩中の会話。「オイ、コジロー、散歩連れてってもらってうれしいやろ。やさしいご主人やなあ」「何いうとんねん、犬の散歩は犬飼う人間の義務やで。ほんまは家の庭でウンチされたくないからやろ」「へらず口きかんと、はよウンチせえ」「せえ、いわれてもすぐ出えへんわ。ちょっと待ってくれ」クンクン臭いをかいでやっとしたと思ったら10歩ほど歩いて2回目をポロリ。「おまえ、分けてせんと1カ所でせえ。ウンチは持って帰らなあかんのやぞ、面倒くさい」「オッサンかて1日に何回もしてるやないか、競馬ブック読みながら」「おまえ、いつ見てんねん。コラッ、よその牝犬のオシッコの臭いかぐな。はよ歩け」「あんたかて表へ出たら女の子のお尻追いかけ回しとるやんか。犬は飼い主に似るいうでー」「黙れ！メタボ犬」「あんたにはメタボいわれとないワン」

平成20年6月22日（日）

『トイレは笑う』（プラニングOM編・著＝TOTO出版）に面白い話が出てる。食事のときにソフトでスローな音楽を聴かせると食欲が増進することが知られている。ならば、音楽で排便を促進できるかという問題を研究している東京芸術大学の桜林仁教授の実験ではこれが可能らしい。同教授は重症便秘患者に、食後と就寝前に音楽を聴かせたところ、3日後に便通があった。薬代わりに聴かせた曲はモーツァルトの「メヌエット」、ショパンの「マズルカ」。音楽のリズムと、胃腸の蠕動（ぜんどう）運動のリズムの波長がピッタリ合えば、効果はいっそう上がるという。教授はそのほか、ドボルザーク「ユーモレスク」、チャイコフスキー「白鳥の湖」も治療曲として有効と推せんする。ヘビメタ好きの人は便秘になりやすいのか。便秘でお困りの女性達、クラシックを聴いて便秘を治しましょう。

平成20年6月28日（土）

昔、スナックで働くイケメンにいちゃんが、一晩の間違いをした女性から認知を求められた件の相談を受けたことがある。1回だけのおつき合いの1年後、両親と住む彼のところへ赤ん坊を抱いた彼女が「あなたの子供です。認知してください」とやってきた。腰を抜かした両親の依頼で女性と話し合い、ＤＮＡ鑑定をすることに。先方の自信たっぷりの態度にいささか不安になったが、鑑定所から送られてきた綿棒で、子供と男性の口の中をこすりつけ、キャップに密封して送った。1カ月ほどして送られてきた結果は、99．99％親子関係なし。両親とにいちゃんはホッとした。最近は犯罪の摘発に威力を発揮するＤＮＡ鑑定だが、16項目の検査をした場合、同じＤＮＡを持つ人物の存在する確率は4兆７０００億人に１人という。地球の人口を考えれば１００％いないが、クローン人間ができたらどうなる。

平成20年6月29日（日）

『トイレは笑う』（プラニングＯＭ編・著＝ＴＯＴＯ出版）から。男はトイレでオシッコをしているとき、隣に見知らぬ人がくると、途端にビビってしまうという。オクラホマ大学の心理学の先生が、男子用トイレで、１人でオシッコをする場合と見知らぬ人が隣にいる場合の所要時間を調べた。１人でするときは、ズボンの中からお道具を出して出るまで5秒かかり、放出時間は平均25秒、すなわち30秒で終わり。ところが、隣に見知らぬ人が立って小用をしていると、まず道具を出すのが遅れ、8・5秒かかる。そばに人がいてビビった結果、放出時間の方は反対にぐんと速くなり、何と17・5秒に縮む。1人でするときよりも7秒以上も早くすませた。つまり、1人でするときは30秒かかるオシッコを、他人がいると26秒で早々とトイレを出る。男は意外とデリケート。しかし、くだらん研究をする人がいるなあ。

平成20年7月12日（土）

「朝日21関西スクエア」という会報に、林原美術館長の熊倉功夫さんがこんなエッセーを書いている。最近、ペットに過剰な愛情をそそぐ人が増えているが、それはペットは人を裏切らないからで、絶対に自分を裏切らないものしか愛せない人が多いということ。裏切らないものへの愛情が過剰になるほど、裏切られたときの憎しみは過剰に走る。家族か友人かあるいは会社か、本人にもよく分からない「裏切り」に対する憎しみが、無差別殺人の動機となっているように見える。ペットへの愛情過剰と無差別殺人の底には共通点があると指摘。解決策として、夫婦でも親子でも、愛は「そこそこ」にすることが、裏切られたときの反動も少なく、それがお付き合いのマナーだという熊倉さんの提案には大賛成。人間あまりシャカリキに生きると疲れる。何が起こっても「ケセラセラ」の精神でいれば楽チンですぞ。

平成20年8月17日（日）

「高齢者講習」を受けないと免許の更新はできませんという通知が来た。70を超えるとイヤなことといわれるもんやとブツブツいいながら自動車教習所へ。公安委員会が講習を民間委託しているらしい。暑いお盆の中、参加者は14人。大正生まれの人も3人いた。先月には94歳の人が4人もいて、そのうち2人は現役ドライバー。スピード違反で別の講習も受けたというからスゴイ。最初に、年寄りは反応がニブク、よく事故を起こすんですよと受講者の自尊心を傷つけたあと、2台の機械でテストをして「どや、反応ニブなってるやろ」と確認させる。1台目は画面に赤ランプが付くと足をアクセルから移し、消えると逆の動作で時間を記録。1台は画面上に左右から現れる障害物をハンドルで避け、注意力のバランスを記録。このテストで自信を失わせ、年寄りを車に乗せない魂胆だ。そうはいかの金玉。

平成20年8月23日（月）

週刊新潮の「田口式健康下着・シルバーダンディ」の広告。男性用パンツである。「股間がカユ～イ！！　悩める中高年男性が選んだすごい商品とは」ムレない、臭わない、モレないのが特徴。フンドシは適度な締めつけで風通しも良くムレなかったはず？　現在のブリーフやトランクスタイプのパンツは密着性が良くムレやすい。そこで考案されたのがハンモックならぬ「チンモック」。睾丸を包み込むことで太ももに密着せずムレないというコンセプトで作られたパンツだそうだ。チンモックには市販の尿漏れパッドを取り付けることが出来て「モレない」から就寝時も安心。腰部に遠赤外線シート装着で腰の動きが軽くなり、銀イオン（抗菌・防臭）加工といいことずくめ。尿漏れパッド付き3枚９８００円のこのパンツ。サイズはM、L、LLの3種だがこれはウエスト。チンのサイズの大の人は御注意。

平成20年9月7日（日）

弁護士会に「市民窓口」というのがあって、市民から弁護士に対する苦情を聞く制度がある。内容によってどのように対応したらいいか教えてくれるのだが、この利用者が年々、増えている。相談者は、自分の依頼した弁護士に対する不満だけでなく、相手方弁護士に対する不満も多い。一番多いのが、弁護士の対応態度への苦情（30％）。対応が横柄・尊大、言葉遣いが乱暴、電話に出ない、不当な訴訟など。弁護士は偉そうにするというイメージは健在である。次に多いのは処理の仕方への苦情（27％）。処理がずさん、専門知識の不足、報告・説明不足、依頼者の言い分を聞かない。これは依頼者との信頼関係を失う。処理の遅滞＝仕事の遅い弁護士も結構いる（13％）。報酬が高いというクレームも10％。弁護士増員反対をとなえている弁護士さん、まずは自分を改めることの方が大事ですよ。

平成20年9月15日（月）

艶笑落語の編者小島貞二さんは相撲書もたくさん出している。そのひとつ『大相撲裏面史』（千人社）に行司の話がでてる（小島さんは元出羽ノ海部屋の力士だったという）。行司の最高位は立行司で、木村庄之助と式守伊之助の2人だが、庄之助のほうが上位。さらにその上に「松翁」という称号があるらしい。庄之助を名乗り、さらに技術・見識ともすぐれ、50年以上にわたってその道一筋に精進し、しかも高潔な人格者であり、衆望がそこに一致する人物に対し、相撲界の推せんにより吉田司家がはじめて許す称号だから簡単にはなれない。江戸このかた「松翁庄之助」は3人しか出ていない。行司生活50年といえば、16歳で行司になったとしても66歳。足腰も動かなくなるし目も悪くなる。将来も出る可能性は薄い。まあ、審判がいくら人格高潔でも力士が大麻を吸っては相撲の品格は上がりませんが。

平成20年10月18日（土）

犬の散歩をしていて近所の人に出会ったとき、「おはようございます」と声をかけるにはタイミングが必要だ。相手がこちらの存在を全く無視して歩いてくる場合、声をかけても「ケッタイなヤツ！」とジロリで終わったり、あわてて「おはようございます」と返してくれても何となくバツの悪い間ができる。相手に視線をそそぎつつ、「これからあんたにあいさつするぞ！」という気配を全身にみなぎらせ、相手に当方の「気合」を感じさせて間合をつめる。「嫌やな、コイツあいさつしよるな」と相手が感じた瞬間「おはよう」とやると相手も同時に「おはよう」と返してくる。相撲の立ち合いの呼吸を合わせるのと同じような要領。これがピタッと合うと一日楽しい。最近は「絶対にあいさつをしそうもない人」を見つけては挑戦、快感を味わっている。ご近所の方々、アイサツマン出没。ご油断召さるな！

平成20年10月26日（日）

上方落語協会編『上方落語家名鑑』（やまだりよこ著＝出版文化社）を天満繁昌亭で買ってきた。上方落語家全員と上方落語のさわり１８０本の解説付き。関西落語界早わかりの貴重な本。平成18年８月１日現在の関西の落語家は１９８人。本名、生年月日、出身地、最終学歴、入門歴に血液型まで載っている。血液型別に見ると多いのはA型58人、O型57人、B型38人、ＡＢ型18人（一部記載のない人もいる）。世間の血液型の分布からすれば、格別、落語家向きの血液型はなさそう。大学卒は60人余り、一番多いのが関大８人、次が神戸大の５人。前者は三枝さん、後者は枝雀さんの影響だろう。今、吉本のお笑い芸人・宇治原さんが京大卒でクイズ番組で活躍しているが、落語界での京大卒（経済）は笑福亭たまさん。33歳の若手だが、なかなか面白い。まあ、落語には大学はあまり関係ないと思いますが。

平成20年11月2日（日）

中学生の頃、近くにガマの油売りをしてる香具師の人がいて、子供達を集めてときどき口上を披露してくれた。「目の前のこのガマ、そんじょそこらのガマと違う。上州つくばの山でとれた四六のガマ四六・五六はどこで見分けるか、前足が四本後足が六本。このガマを四面に鏡を張った箱に入れると、ガマはおのれの姿の醜さに驚きタラーリ、タラーリと油を流す。その油を集め、三七・二十一日間トロ火にかけて煮つめてできたのがこの油」とやって、自分の腕に小刀で傷をつけ、油をすり込んでみせるのだった。子供達はその口上に聞きほれた。そんな口上集を集めた本『香具師口上集』（室町京之介著＝創拓社刊）を古本屋で買った。昭和57年11月初版が出て、翌58年1月には第4刷まで出てるから、よく売れたのだろう。新刊1300円の中古が1500円した。今も需要が多いのか。

平成21年1月17日（土）

電車の中で「債務整理をしませんか」「払い過ぎを取り返しましょう」などの個人の債務整理を勧める司法書士事務所の広告が目立つ。テレビコマーシャルをする弁護士事務所も現れた。個人の債務整理は報酬も大した額にはならないから、あれだけの広告料を払ってもペイするということは、よほど多数のお客が広告につられてやってくるのだろう。私はサラ金で借金をした個人の債務整理を引き受けたことがない。暴利を貪る金融業者はケシカランのは確かだが、返す計画も立たないのに借金をする態度が気に入らないのである。勿論、生活のためやむを得ずサラ金に手を出す人はいるが、そうではなく安易に借金をくり返す人も多い。利息制限法を守らない業者が悪いといえばそれまでだが、法律を盾に約束をホゴにすることには釈然としないものがある。法律家として間違っているとは思いつつも。

平成21年5月16日（土）

鴻池官房副長官が失職した。宿舎へ連れ込んでいた女性と熱海へ2泊3日のお忍び旅行をフライデーされ、議員パスの私的使用、公務欠席の事実を突きつけられ、精神上の病になってしまった。今回は男女関係を認めたようだが、お相手の女性は人妻と知っての上の交際。江戸時代不義密通は死罪。女房の不倫相手を殺してもおとがめがなかった。明治にできた刑法には「姦通罪」があった。「有夫ノ婦姦通シタルトキハ2年以下ノ懲役ニ処ス其相姦シタル者亦同じ」という条文で、妻とその不倫相手は処罰されるが、夫が浮気をしても処罰されなかった。戦後、男女不平等だということで廃止されたのだが、改正論議のとき、不平等を正すなら男も罰したらいいという意見があったが、姦通罪は不倫の被害者である配偶者の告訴を条件としたため、「弱い立場の妻が夫を告訴するのは難しい」として没に。もしあれば今頃刑務所は満員。鴻池さんよかったネ。

平成21年6月20日（土）

日弁連の会報「自由と正義」に面白い懲戒事例が出ていた。けんかで人をけがさせた損害賠償事件で、加害者側についた弁護士Aが、被害者側の提出したB医師の診断書の信用性を争うため、加害者側の関係者をB医師のところへ行かせ、「友人から首のあたりを殴られた」とウソを言ってB医師に診断書を書かせた。Aはその診断書を法廷で提出し、「Bは患者に言われたらどんな診断書でも書く」信用のできない医者だと主張した。被害者はAのこの行為はケシカランと懲戒申し立て。弁護士会は「医師にウソの事実を述べさせて誤診させ、虚偽の診断書を入手した行為（ムツカシイ言葉だ）は弁護士としての品位を害する」と戒告処分にした。確かにウソを言って医者を一パイひっかけるのは品がいいとはいえないが、裁判をゲームと考えるアメリカならよくあること。ちなみに、民事訴訟では加害者側が勝ったそうな。敏腕弁護士のおかげ？

平成21年8月1日（土）

「戦争だ戦争だ戦争だ　待ちに待った戦争だ　国が認めた戦争だ　みんなで殺そう戦争だ鉄砲マニアは集まれや　欲求不満の奴も来い　暴れたい人待ってます　ストレス解消これ一番いくら殺しても大丈夫　何を盗んでも平気さ　やればやるほどほめられる　鼻血だしだしそれすすめ　どうせ一度は死んでゆく　どうせ死ぬなら男らしく　きたなく咲いてはげしく散

る　これぞ男の生きる道　映画でも見たよなあの場面が　今こそ実践できるのだ　戦車飛行機のりまわし　敵陣めがけてそれすすめ　女が欲しけりゃ戦争へ行こう　敵の女とっつかまえて　欲求不満のはけ口にしよう　戦争だから誰にもおこられない　戦争だ戦争だ戦争だ待ちに待った戦争だ　国が認めた戦争だ　みんなで殺そう戦争だ」（JASRAC　出　イ2300728－301）。1971年に泉谷しげる作詞作曲の「戦争小唄」（森達也著『放送禁止歌』光文社より）これ以上の反戦歌はない。みんなで歌おう。

平成21年10月25日（日）

斎藤茂太さんの『上司と親は選べない』（ぶんか社）は、サラリーマンの処世術を具体例をあげてユーモアたっぷりに教えてくれる。「会話の技術・キャッチボールとユーモア」の項。例えば「あなたの趣味は?」と尋ねられて「いいえ、とくにありません」といいっぱなしでは会話はプツリと切れるが、「○×さんはどんなご趣味を?」とつけ加えればぱつながる。「出身地は?」と聞かれたとき「幸か不幸か福岡です」といったようにダジャレで答えると会話もスムーズに流れるとおっしゃる（つまり大阪のノリでんな）。先だって夜8時頃、近所の奥さんが自治会費3千円の集金に来た。千円札3枚を持って門の前へ出ると、あたりは薄暗く、札が判別しにくいほど。「千円札かどうか分かりまへんで、よく見てください」というと、奥さん、札をすかして「アラッ、1万円が入ってますよ」と冗談。ユーモアはよろしい、奥さんきれいに見えた。

平成21年11月14日（土）

篠山紀信さんの事務所が「公然わいせつ」容疑で捜索を受けた。昨年夏、都内の結婚式場や霊園の敷地内で女性のヌード撮影をしたことが公然わいせつに当たるというもの。刑法174条は「公然わいせつな行為をした者は6月以下の懲役もしくは30万円以下の罰金」と書いてある。素っ裸が「わいせつ」に当たることは間違いないが、夜中に人通りのないときを狙って撮影したらセーフと違うかという疑問もある。木陰で立小便をしても公然とはいえないように思うが、お固い最高裁は「たとえ現実に人が見ていなくても、不特定又は多数の人が見る可能性のある場合は『公然』に当たる」としている。今回の場合、撮影された写真集は出版されているから証拠は十分。警察は先日、慶大生がハダカで街を走り回ったことを意識しての捜査だろうが、篠山さんは通行人に見せるためにヌードにしたのではなく、写真という芸術目的。ヤボなことしなはんな。

平成21年11月29日（日）

青木るえかさんが週刊文春で「テレビ健康診断」というコラムを隔週に連載している。こんな事書いて暗やみで刺されるんじゃないかと思われるほど、テレビ番組をバッサリやっつけている。この2週、るえかさんのほこ先は、テレビで法律問題を解説する弁護士のコメンテーター（るえかさんは弁コと呼ぶ）をブッタ切っている。るえかさんが大嫌いなのが、河上和雅氏。権威的な上から目線に反発を覚えるそうだが私も同感。辞めてかなりたった今でも検事臭がプンプンしてる。お気に入りは田中喜代重氏。冷静で「ヒートアップしてるところに水をぶっかけて笑っている」ような身もふたもないコメントがるえかさんに似てるのだろう。よく出てくるもう一人、大澤孝征氏は庶民の劣情に寄り添ったコメントをすると断定。例えば殺人は死刑だというふうに。この３人の弁コ、共通点はヤメ検ということ。テレビ局は検察出身がお好きなようで。

平成21年12月19日（土）

12月に入ってから「喪中につき年末年始のご挨拶をご遠慮申し上げます」というはがきが連日何枚もくる。喪中とはいったい何ぞやと思い、三省堂が出している『現代冠婚葬祭事典』を調べた。身内に死者が出ると、その人の身が汚れているので、ほかの者にその汚れや死霊のわざわいがおよばないように一定期間行動を慎しみ、家にこもって身を清めることを忌服という。忌服には忌中と喪中があり、仏教のしきたりでは前者は49日、後者は死後1年という慣習。忌中には神社参拝、結婚式には参加はダメ、喪中の間は新年の飾りつけや年賀はしないのが通例となっている。現代では忌中は49日、喪中は1年となっているが、明治7

年には太政官布告（今でいう法律）「服忌令」が出され、これによると忌中は父母50日、夫30日、妻・子20日。喪中は父母・夫13カ月、妻子90日だった。死後7日で49日法要を済ませる現代、喪中あいさつも姿を消すかも。

平成22年1月5日（火）

平成22年が始まった。西暦では２０１０年。昔は同じ天皇の間に年号が改められることも珍しくなかったが、最近では新しい天皇の誕生とともに年号も新しくなる。小渕さんがテレビの前で「平成」と書いた紙を見せたのがこの間のことのように思うがもう20年以上も前。「あの事件は何年前のことだっけ」と計算するには西暦の方が早い。私の生まれたのは昭和９年だが「西暦１９３４年」といった方が「76年前」とすぐに答えられる。しかし、日本の社会では年号派が圧倒的。弁護士の中には裁判所へ提出する書類にも西暦で日付を書く人もたまにはいるが、そんな人は大体左翼系の人が多い。多分、天皇と結びつく「年号」を嫌ってのことだろう。昭和と平成を生きてきた私としては、年号でいう方が出来事を生々しく思い出せてなつかしい。昭和22年ごろのヤミ市、昭和32年の就職難、やはり西暦ではピンとこない。平成22年、何が起こるかな。

平成22年1月9日（土）

弁護士会の研修で「第三者委員会」の委員としての心構えの講演を開いた。不祥事が起きると会社や官庁では第三者委員会をつくって調査をするが、弁護士が委員となることが多くなったための対応というわけ。委員が直接会社の担当者などに会って事情聴取をする際のノウハウの話が面白かった。不正とかかわりのない人から話を聞くときは、相手の話を疑わない、議論をしない、イエス・ノーで答えられる質問をしない、関心のありかを悟られないのがコツ。相手に自分を信用させ、できるだけ相手の知ってることをしゃべらせるのが大事。こちらの関心を悟られると関係者に知らせる恐れがあるという。不正の当事者を聴取するときは、話し口調、トーンの変化、問い返しに注目する。例えば「あなた浮気をしたことありますか？」と聞かれ「ありません」と即座に答えると白。「なんでそんなこと聞くの？」は黒。奥様、試してみませんか？

平成22年1月10日（日）

ＷＩＰジャパンという会社がネットで公開しているニュースの「世界のペット事情」で、イギリスのペット保険会社が3千人の犬オーナーを対象に、犬の一生にかける費用を調査したところ、1位チワワ（1800万円）2位グレイハウンド（1700万円）3位マスティフ（1600万円）。グレイハウンドとマスティフはデカイ犬だから食べる量も多いだろうが、からだの小さいチワワは食費もそんなにかからないはずだが、散髪代と衣装代だろうか。犬の寿命は15年位だから年間１００万円もかけてるのはスゴイ。一方アメリカの犬の名前では、男の子はＭＡＸ、女の子はＭＯＬＬＹが1位。ジャパンケンネルクラブの出している「チャンピオン年鑑」を見てると、シーザー、ネロなど英雄派、エリザベス、ヘンリーなど王室派が多く、日本名でコマ助、サン助なんてのもあった。サン助は風呂屋で背中を流す男衆の呼名。飼主は風呂屋さんかな？

平成22年2月13日（土）

日弁連の会長選で当選者が決まらず再投票となった。会則によれば、当選するには全会員の個人の投票総数で1位であるほか、都道府県単位の各弁護士会のうち3分の１以上で1位でなければならない。今回の立候補者は、主流派と呼ばれる人達の推す人と、サラ金問題に取り組んできた市民弁護士。組織力では有利な主流派が個人票では市民派を約８００リードしたが、弁護士会単位で1位となったのはわずか9会、42の会で市民派に負けた。つまり主流派は大都市で勝利したものの、地方の会では完敗したのである。その原因は、私の見たところ、これまでの主流派会長達が大都市の弁護士の意見を代弁し、地方の弁護士の意見に耳をかたむけなかったことにあると思う。裁判員制度にしろ、被疑者国選にしろ、弁護士の多い都会ではできても地方の負担は重い。弁護士数の増加も地方では吸収できない。弁護士会にも政権交代の波が来たようだ。

平成22年4月4日（日）

週刊スパ4月6日号「オンナの建前⇅本音翻訳辞典」から。初対面編。私、全然（男性の）理想高くないよ↓すべての平均値をクリアしていればそれ以上のぜいたくは言わないわ。生活感ないですね↓将来が不安。恋人未満編。（今度飲みに行こうと誘われて）うん、ぜひ！↓どうせ断ればいいだけだし、とりあえず前向きな返事をしておこう。彼女とはうまくいってる↓キャンセル待ちしています。恋する人妻編。私もうおばさんよ↓「何言ってるんだ！　こんなにキレイじゃないか」って言って！！　恋をめぐる女同志のバトル編。（合コンで）見えそうだから気をつけて↓チャラチャラしてんじゃないよ！（見えそうだから気をつけてと言われて）ありがとう↓大きなお世話！！（合コンで男性に）〇〇ちゃんはモテるよ↓男関係だらしないよ。（年上の女性に）いつもかわいらしいですね↓若作りが痛々しい。あぁ、女は本当にコワーイですね。

平成22年4月25日（日）

『こんなに違う京都人と大阪人と神戸人』（丹波元著＝PHP文庫）、京都人にはジャイアンツファンが多いが、その理由に京都人の大阪人嫌いがあるという指摘がある。明治維新で天皇を東京に奪われた京都人は東京嫌いが多いが、それ以上に大阪的なものを代表する阪神ファンの異様にパワフルで泥臭く熱狂的、正にひいきの引き倒しと言わんばかりの声援ぶり、グッズと称する商品の虎シマ模様のドギツサが、気位の高い京都人の趣味に合わないらしい。逆にジャイアンツファンはスマートで紳士的、適度にホットで適度にクール、建前的なことをきっちり守って品位がよいなど、京都人が好む要素が多い。タイガースが大阪的で、限りなく大阪色の強いことがジャイアンツファンの多いことと関連があるというのである。ならば、大阪的なもののもうひとつの代表、吉本系のお笑いも京都人には合わないはず。きん枝さん、京都の票は少ない？

平成22年5月2日（日）

大阪弁護士会の協同組合が行った大阪の弁護士像を知るアンケートをご紹介する。回答者の平均年令は43・6歳。週に何日お酒を飲むか＝飲まない20％、毎日25％、3～6日30％と酒飲みが多い。好きな女優＝長澤まさみ、上野樹里、新垣結衣が人気だが吉永小百合もそこそこなのは老弁護士の票か。行ってみたい場所＝中南米アフリカが多く、南極なんてマニアックも。乗ってる車＝ＢＭＷ・ベンツと外車派が多いが乗らないも45％。仕事に使うカバンの値段＝1～2万円50％と案外もとをかけていない。1万円以下も15％いる。平均睡眠時間＝6～7時間75％、5時間10％と短かい。事務所の退社時間＝21時以降50％位、中には23時台も15％とよく働く。スーツをどこで買うか＝百貨店47％、専門店30％、仕立てる13％。1カ月に自由に使える金額＝10万円30％、20万円15％とリッチだが5万円とサラリーマン並みも10%。イメージわきましたか？

平成22年5月16日（日）

医師から弁護士に転向した水澤亜紀子さんが「法苑」（第一法規社）という雑誌に、医師と弁護士の物の考え方の違いを書いている。両方の職種を経験した彼女は「医師は論理的思考が欠け、弁護士は論理的思考が過ぎる」という。医療（その他自然科学）の世界では個別のケースで微妙な違いがあり論理的に説明のできないことが多いため、医師は情報を分析整理し、考え得る対応のメリット・デメリットを検討して論理的に判断する習慣がなく、逆に弁護士は不透明な医療の世界でも「前例があるからこう治療すべきだ」とその方法が唯一正しいと論理的主張をする。しかし、医療の実際はそれほど簡単なものではない。医師としての良心から言えば医療過誤の原因はよく分からないことが多いが、弁護士としては原因不明とも言えず悩むのだという。医師はおしゃべりで患者の噂をよくするが、弁護士は総じて口が固いという傾向も指摘している。

平成22年5月22日（土）

常用漢字表に追加される196字の答申案が発表された。そんなにしょっちゅう変えるなと言いたいが、結構よく見かける字がいっぱい。これを使って小沢さんの一文を作ってみた

（かっこ内が追加予定字）。
「辣」腕、「潰」し屋といわれて20年、「闇」将軍の「傲」慢さは相変わらず。賄「賂」か「袖」の下かの「謎」は明「瞭」にされないまま、「尻」を秘書に「拭」わせて「羞」恥心などどこ吹く風、検察の取調べには曖「昧」な答弁、バケの皮が「剥」がれそうな質問をされると取材記者に「罵」声をあびせ、小沢派の「牙」城を守るために「恣」意的な人事をして、普天間問題で「頓」「挫」して、5月末を「諦」めた鳩山さんも必要ならば「斬」って捨てる。民主党員は危「惧」し、閉塞感を持ちながらも小沢さんの「凄」惨な報復を恐れる「臆」病者ばかり、絵に書いた「餅」の公約づくり。そうか！　小沢さんが増やしたんだ。

平成22年8月22日（日）

「講談の次は都々逸やりまへんか」と飲み友達のシブちゃんが一枚の紙をくれた。見ると「都々逸傑作選」と題し、50ほどの都々逸が書いてある。インターネットで見つけたそうな。もともとはお座敷芸だが、昔は寄席でもよく見かけた。「三千世界の鴉を殺し　主と朝寝がしてみたい」は有名だが、高杉晋作の作という説がある。艶っぽいところをご紹介する。「これほど惚れたる素振りをするに　あんな悟りの悪い人」「お名は申さぬ一座の中に命上げたい方がいる」「千両万両の金には惚れぬ　お前一人にわしゃ惚れた」どれもいわれてみたいですネ。「嫌なお方の親切よりも　好いたお方の無理が良い」「惚れさせ上手なあなたのく

せに　諦めさせるの下手な人」いい文句です。と思えばこんなのも。「切れてくれなら切れてもやろう　逢わぬ昔にして返せ」「小指切らせてまだ間がないに　手まで切れとは情けない」情緒がありますネ。

平成22年9月20日（月）

昔、国会議員がタクシー業界に便宜を図って収賄したタクシー汚職事件の裁判があった。金をもらった議員は10人以上いたが、起訴されたのは2人だけ。弁護団長を務めたのは和島岩吉さんという刑事弁護の大家。和島先生は温厚だが反骨精神の旺盛な人だった。審理が始まる前、高検検事長と地検検事正から弁護団に話がしたいという申し入れがあった。行くと、検事長は「今日の審理では、起訴されていない国会議員の先生方の名前が出てきますが、これをA、B、Cと仮称で呼ぶことにしたいのですが、ご協力いただけますか」と切り出した。大物国会議員に気を使ったのだ。和島先生はにこやかに「あゝ、結構ですよ。私たちもA、B、Cと呼ぶことにしましょう」。ホッとした顔の検事長に和島先生はつけ加えた。「しかし、後で報道関係者から尋ねられたら実名を言いますが、それでよろしいですか」。公判では実名が使われた。

平成22年10月16日（土）

昔、テレビディレクターで有名なY氏（当時73歳）が教え子のA子（当時22歳）をホテルに連れ込んでHしたことがセクハラとして裁判になったが、直前に飲食店で2人が行った筆談ゲームが証拠とされ話題になった。Y「あなたと一緒にいたい」A「それでは一緒にいましょう」Y「えらい！　あなたのエライのはズルクナイから」A「そんなこと言われたのは初めてです。ありがとうございます！」Y「部屋で接吻したい（100年間してなかったから）」A「100年も生きてないでしょう」Y「（訂正）3年間してなかったから」A「結構してますね」Y「そういう言い方は世なれていてダメです」A「ハイ、スイマセン」Y「じゃボクの言うことにともかく『ウン！』と言ってください」A「かしこまりました！」Y「部屋でしゃべりたい」A「ウン！！」。一審で認められなかったYのセクハラは二審で認められYの敗訴。皆さん、どう思いますか？

平成22年10月24日（日）

昭和43年、札幌医大の和田寿郎教授が日本で初めての心臓移植手術に成功して話題になったが、脳死の認められていなかった当時、提供者は生きていたのではないかという疑問を持った記事が週刊新潮に掲載された。『週刊新潮が報じたスキャンダル戦後史』（新潮社）によると、記者として取材した元週刊新潮編集長松田宏さんがインタビューしたのが札幌医大で講師をしていた渡辺淳一さんだった。渡辺さんは「今日の和田は、幾人か死んだ人の上に築かれた和田ということですよ。まあ医学の進歩にはそういう犠牲といっちゃあ悪いが、それはつきものなんですね」と解説、「和田教授はジャーナリズムの活用が上手になり、経営者的になり、演出家になり、結局、今度の手術の報道でも、マスコミを存分に振り回している」と批判した。この記事が渡辺さんを札幌に居づらくさせ、医者の道を捨てて作家になったという。正論は転職を招く?

平成23年1月9日(日)

「海行かば　水漬く屍　山行かば　草生す屍　大君の　辺にこそ死なめ　かへりみはせじ」という軍歌海行かばについて、『漢語四方山話』(一海知義他2名共著＝岩波書店)に面白い話が出てる。「日本は天皇中心の神の国」という某大臣の発言を聞いて戦時中の天皇陛下の話を思い出した老女、「少女のころ『海行かば』がよくうたわれておりましたが、たいへん重々しい曲で、あまりなじめませんでした。次兄が戦死したときに近所の人がこの歌をうたってくださったとき、なぜか涙があふれてきて困りました。この歌は大伴家持の作で信時潔という高名な作曲家が曲をつけたそうですが、幼い私はそんなありがたい歌だとはつゆ知らず、『大君の辺にこそ死なめ』という所を『屁にこそ死なめ』だと思いこんでおりました。天子さまはおエライ方だから、その方のおナラをかぐだけでありがたくて死にたくなる、という意味だろうと思っていたのです」

平成23年1月15日（土）

沖縄の読谷村（よみたんそん）の座喜味城跡を訪ねた際、現地の名物ガイド比嘉涼子さんの説明に心を打たれた。日本復帰時、村の面積の73％が米軍基地だった読谷村では、村長以下村民が一丸となって基地返還に取り組んできた。その象徴が、基地になってる旧日本軍飛行場の２本の滑走路の間に建っている村役場。基地内に村役場を建てさせろという要求に、米軍関係者と日本政府役人は目を三角にして「何故基地の中に村役場を建てる必要があるのか。ここでなければダメという理由を言ってみろ」と村長に迫った。村長あわてず「風水によるとここしかないのである」と答えた。「風水」と言われ、敵は思わず苦笑。ここぞとばかり村長は勉強した風水のウンチクを披露。このユーモアと熱意が米軍関係者の心を動かしたのだという。自ら座り込みに参加、今もなお基地返還運動を続けている比嘉さんの語りは平和への情熱があふれていた。

平成23年2月5日（土）

大相撲の八百長。理事長は「これまでにはなかった……」と嘆いてみせたが、国民の大半は「ウソつけ！」と思ってる。マスコミは例によって相撲協会を袋だたき。アマノジャク弁護士は八百長弁護をしたくなる。十両と幕下の経済的格差を見れば、崖っぷちの人間が十両の地位にしがみつきたくなるのは当たり前。生活のかかった立場の行動と同情はできる。ただし、今回のようにメールという動かぬ証拠を残されると勘弁してやりたくてもできなくなる。やってもいいが、分からんようにやれというのが私の持論。公益法人としての認定を取り消すなんて言ってるが、事業を合理化するなら民営化株式会社の方が近代化できる。「本日の取組中、3番だけ八百長があります。その取組番号を3つ挙げて投票してください」なんてナンバーズくじを売り出せば、観客は当てようと必死になって取組を見るだろう。こんな企画も民営化ならでは！？

平成23年3月21日（月）

林真理子さんの『男と女とのことは、何があっても不思議はない』（角川文庫）という本に男女の別れ話が出てる。男は自分が愛情を失った相手から別れ話を持ち出されても別れたがらない。女性も同様で、次の男が現れるまでは、今のを何とか確保しようという気持ちが強いのだそうな。林さんの友人も「レストランを予約する時、最初イタリアンに電話したんだけど、チャイニーズの方がいいなあって思う時があるじゃない。だけど、チャイニーズの予約とれてから、イタリアンをキャンセルするわよね。その反対はいないと思うわ、男だって同じよ」とおっしゃる。「気に入らないコートだって、とりあえずひっかけると寒さを防げるわ。何もなくて寒い思いをするよりいいじゃない」という人も。世の男性諸君、あなたはイタリアンかチャイニーズか。はたまた破れたコートなのか。ご自分もスペアーを準備する必要がありますぞ。

平成23年3月26日（土）

新人物往来社刊の『懐かしい【昭和】のニュース手帖』という本は、戦後の日本（昭和20年～63年）の懐古本。昭和20年の流行語、虚脱生活・一億総ざんげ・GHQの命により・タケノコ生活・進駐軍・四等国・浮浪児・ギブミーチョコレート・戦犯・DDT・肉体の防波堤・洋モクなど懐かしい。このうち「肉体の防波堤」とは、進駐して来たアメリカ兵に肉体を売る女性（パンパンと呼ばれた）。これで一般の子女が守られたという意味。誰でも相手にするのと、特定の兵士と付き合うのがあって後者はオンリーさんと言った。

双葉山引退もこの年。プロ野球高校野球競馬が中止となり、相撲だけが行われ、信州山と羽黒山が優勝している。ちなみに的場悠紀弁護士は当時11歳、満州の奉天で終戦を迎え、学校の授業もなく進駐してきたロシア兵の持っている黒パン（酸っぱくてまずかった）を目当てに「ダバイ（下さい）」を連発してた。

平成23年4月3日（日）

東電の社長が病気入院。代わって指揮を執ることになった会長がテレビで謝罪会見をした。しかしその態度は横柄で原稿を棒読み。とても心から謝っているとは見えなかった。大会社の社長の謝罪会見で謝り上手な人はいない。エリートコースをひた走り、上役以外の人に頭を下げることなく出世すると、人に謝る機会もなく、慣れていないのである。お役人も謝ったら行政の責任を追及されるから謝らない。この点、謝り上手はホテルマン。特に高級ホテルともなれば、客がどんな無理難題を言っても怒らせず、事態を収拾させる能力はスゴイ。昨今、裁判所、検察庁では自分たちのカラにこもらないよう任官後、5年目くらいの裁判官、検察官を弁護士事務所や企業に派遣。2年間研修させている。わが事務所にもこれまで3人の裁判官、検察官が研修に来たが本職に戻った時、役に立つという。大会社の役員候補はホテルマンの研修が必要？

平成23年4月17日（日）

今年4月で弁護士生活52年目に入る。最近のように毎年法律が変わる時代、勉強不足の（いや、全然しない）私にとって会社関係の相談や、こみ入った民事事件はお手あげ。人生相談専門でお茶をにごしている。私が弁護士になった1960年はどんな時代だったのかと『懐かしい【昭和】のニュース手帖』（新人物文庫）を見ると、安保闘争で岸内閣が総辞職、池田内閣が誕生している。チリ地震で東北が被害を受けたのもこの年、ベストセラーは謝国権『性生活の知恵』。あの人形の絵で体位を具体化した画期的な本だった。カラーテレビが発売されたが、21インチで52万円という当時の給料2年分の値段。橋幸夫が「潮来笠」でデビュー。紅白歌合戦の司会者は、白組・高橋圭三、紅組・中村メイコ。トリを務めたのは三橋美智也「達者でナ」と島倉千代子「他国の雨」。松尾和子「誰よりも君を愛す」。藤島桓夫「月の法善寺横町」の名も。懐かしい。

平成23年4月24日（日）

大阪ロイヤルホテル新館完成記念随筆集『大阪讃歌』（昭和48年刊）の花登筐さんの「東京での『大阪…』」という話。花登さんは、東京で仕事をするとき「大阪の劇作家」と呼ばれることに違和感を持っていた。ある時、銀座で飲んでいると「お隣に大阪のバーが出来て表でお客を引っ張られて困るわ」「じゃあ、あんたとこも客を引っ張ったら」「私のとこが？そこまではしたくありませんわ」というママの会話が聞こえてきた。「そこまではしたくない」という言葉で花登さんは「大阪の…」を理解できた。大阪では儲けるためには客引きするのは当たり前だが、東京では「来る客に飲ませりゃいいの。そこまでして儲けなくてもいいのよ」が主流。当時、花登さんは脚本、演出、小説と一人で何役もこなしていた。花登さんは客を引っ張るバーと同じ目線で「大阪の劇作家」と言われていたのだ。私も東京で「大阪の弁護士」といわれる。

平成23年4月30日（土）

講談は聞いていて口調のいいものだが現代でも通用するフレーズが多い。『定本講談名作全集別巻』（講談社刊）から。「アッといったがこの世の別れ」「沈香も焚かず屁も放らず」「下手の鉄砲も数打ちゃ当たる」などは今でも日常会話のひとつ。酒に関しては「酒は百薬の長」「酒は礼に始まって乱に終わる」。色番ものでは「むかし馴染と紅殻染めは、色が褪せても香が残る」「傾城は実ないとはそれ、誰が言うた。実あるほど通やせで」。前者は同窓会などで、後者は北新地でも通用。「書いたものでも油断ならぬ、筆に狸の毛が混じる」よくありますなあ。最近のダマシの手口。「唐崎の松は奉行にさも似たり、直ぐなようでも曲がらぬはなし」昔も今もお役人は賄賂に弱かったのです。「主人と親は無理をいうもの」いまは逆ですが。「武士の一言、金鉄の如し」武士がいなくなりました。四面楚歌の（民主党）菅首相にもご用心「うしろから鉄砲」

平成23年5月1日（日）

医学博士・志賀さんの書いた『女が歓ぶ「口説き」の法則』（三笠書房）のひとつ。女の「心の矛盾」を突いてガードを解かせる方法をご紹介する。女は男からしつこくされると、防衛本能から徹底的に男を拒否するが、その場合には女の心の中は外から見るよりはずっと複雑で矛盾に満ちている。キッパリと男を拒否して、その男が去ってしまい何も言って来なくなると、女の気持ちはどこか寂しくなる。イヤならイヤだっただけその男が気になっているものだ。ある日にキッパリと働きかけを中断して、1カ月ぐらいたってから突然彼女に働きかけるようにするといい。空白の1カ月の間に女の気持ちは無意識のうちに「どうしたんだろう。何か言ってきてくれればいいのに」と男を求めるようになっている。そして突然女の虚をつくように再度迫れば、堅かった女のガードも春の雪のように溶けるそうな。名前も忘れられていそうな気もするが…。

平成23年5月22日（日）

水曜日朝、堺の裁判所へ出廷するため車を運転していると、前方の信号が赤に変わり前の車が迫ったのでこちらも停止。とたんに「ゴンッ」と音がしてショックを受けた。オカマされたのだ。降りていくとバンに乗った若い兄ちゃんが「スンマセン、おケガないですか？」と心配そうに聞いてくる。車の方はバンパーが少しへこみ、車体に食い込んでいる。警察へ行きましょうというのを遮り「これから堺の裁判所へ行かなあかんから、裁判済んでからにして」と裁判所へ。仕事が終わって警察に出頭すると、兄ちゃんは先に事故状況を報告していて、交通課のおまわりさんは、私の車検証を見ながら事故報告書を5分で作成。おケガありませんかと聞いてくれたので「いや大丈夫です」と答えると「この頃、ちょっと当たっただけで首、押さえて痛い、痛いというヤツが多いでっせ」と言った後、加害者に〝あんた、エエ人に当たったなあ〃。ン？

平成23年6月5日（日）

昭和32年に阪大を卒業した法学部、経済学部の仲間で、今も年4回同窓会をやっている。喜寿を迎えるとさすがに出席者は減ってきたが、先週水曜の例会には18人が出席。毎回、1人が趣味や現役時代の話題を提供するのだが、今回は元商社マンのO君の言語についての話。シンデレラの物語はフランス語が原作で、英訳された際、誤訳によって彼女の履いた靴が「ガラスの靴」になったという。原文のフランス語では「リスの毛布（Vair＝ヴェール）」の靴となっていた。リスの毛布は当時の貴族階級専門の高級素材（今でも高い）。一方、ガラスはフランス語で（Verre＝ヴェール）で発音は一緒。訳者はリスの毛布をガラスと間違えたのだ。しかし、シンデレラの履く靴は「リスの毛皮」より「ガラス」の方がロマンティック。ひょっとしたら誤訳ではなく、訳者が知ってて「ガラスの靴」と変えたのではなかろうか。名訳です。

平成23年6月11日（土）

最近つくづくトシを感じる。何がといって歩くスピードが落ちたのである。街を歩いていると若いニイちゃんの後を追っても離される。小走りで追いつこうとすると横目で「ジロリ！」とにらまれ、アッという間にリードを広げられる。30年前、弁護士会の運動会で競歩で10連覇した私にはショックである。前を歩く人のステップと同じ歩速で歩いても置いていかれる。ということはたぶん歩幅が小さくなったのだろう。背がちぢんだのか。二日酔いにもトシが出る。10年前までは午前さまが何日続こうが、朝7時には起きて法廷へ出た。今は翌日の仕事は何とかなるが、その翌日は10時間ぐらい寝ないと起き上がれない。体力が回復しないのだ。てな話を事務所でしてたら若い弁護士がぬかした。「そのトシでよう夜中まで飲んでますなあ。突然死しまっせ」。突然死？　それを望んで飲んどるんや。

平成23年7月10日（日）

佐藤愛子さんといえば豪快なオバサンだが、彼女の性格はおじいさん似だと『日本人の一大事』（集英社）で告白している。父紅緑は小説家、兄ハチローは詩人という文学一家だが、おじいさんは弥六といって津軽の藩士。山鹿流の兵学を学び、勝海舟の塾で勉強、福沢諭吉の門下生の後、旗本の子に英学を教えたというから相当なインテリだが、頑固で言い出すと聞かない性格。維新後、弘前で郷土史の研究をしていたが、中学の入学式の来賓に招かれ、校長が勤倹貯蓄の奨励演説をしたら、突然立ち上がり「武士の子に金を貯めることを教えるとは何ごとか！　そんな学校は焼いてしまえ」と叫んだ。後に、伊藤博文が政界への進出を勧めにわざわざ弘前に訪ねて来た時「このオレに小僧っ子の仲間入りをさせようというのか！」と断ったそうな。愛子さんの「権威嫌いで喧嘩（けんか）っ早い」のはおじいさんそっくりとか。今の政治家にこんな人ほしいなあ。

平成23年8月7日（日）

大阪大学の大竹文雄教授の講演を聞いた。大竹さんはマスコミにもよく登場する若手経済学者で、日本人の経済に関する価値観の話は面白かった。小泉内閣の市場経済主義の行きすぎで、日本の経済がおかしくなり、貧富の格差が生じた。だから市場経済についてはある程度の規制が必要というのが現在の日本人の考えの主流だが、経済学的には間違っているという。自由な経済のもとでは、貧富の差は生まれるが、経済全体のパイは規制経済よりも大きくなることが分かっているそうな。「貧富の差が生まれたとしても多くの人は自由な経済でより良くなるか？」という質問に、先進国の多数の国で65％以上がイエスと答えているのに、日本は49％。その一方「貧しい人たちの面倒を見るのは国の責任か？」という質問でのイエスは日本は59％と最低（他国は80％超）。日本人は自分でかせぐよりもお上に規制してもらって配分される方がいいのか？

平成23年8月13日（土）

スポニチに載った婚活パーティーの広告。主催者関西ブライダルのウリは1月のパーティーで46組のカップルが誕生したこと。８月から9月にかけて帝国ホテル、リーガロイヤル、スイスホテルと超一流の場所で行われるパーティー。30代、40代と年齢によって分けられてはいるが、あまり厳密ではないようだ。30代組の男の年収は３５０万円以上40代は４００万円以上という条件。ほかに「バツイチ同士理解者パーティー」というのがあり、こちらの年齢は男50〜68歳、女45〜65歳と高くなる。参加費は男女とも1万円となっているが、帝国ホテルで行われる「エグゼクティブパーティー」は男1万円に対し女1万8千円。こちらは男の年収８００万円以上、医師・弁護士・税理士・経営者2代目（2代目ってナンダ？）と具体的職業も条件となっている。玉の輿を狙うには安い投資かも。広告に「がんばろう日本」のフレーズ。熟年男女、頑張れ！

平成23年8月14日（日）

20世紀最大の発明はインスタントラーメンとウォシュレットだと私は思っている。どちらも日本が発祥の地。ラーメンはアッという間に世界中に広まり、どこの国でも現地生産のものが売っている。ウォシュレットは日本ではかなり普及したが、外国ではまだまだ不思議なことに、文明国のヨーロッパ・アメリカではホテルでもあまり見かけない。インドのようにシリを水で洗う習慣のある国と違い、紙で拭く国では「水洗い」に抵抗感があるのかもしれない。日本でも昔は、くみ取り式便所で、戦後は新聞を切って便所に置いてあった。当時は印刷するインクも粗悪で、柔らかくするのに手でくしゃくしゃに丸めると、手が真っ黒になり拭いた尻も黒くなった。便座も温かく、湯の温度も、噴射のスピード水量も調整でき、乾かす装置までついたウォシュレットは日本人ならではの発明だ。世界中で売れるはず。株を買おうかなあ。

平成23年9月4日（日）

先日、顧問先のエライさんと食事のあと北新地のクラブへ。最近は安いスナックへしか行かないので女の子が隣に座るような店は1年ぶり。以前はよく行った店も、変わってないのは体格のいいママと実直なマスターだけ。10人ほどいる女性も、ごく普通の素人っぽい女の子ばかり。いかにもホステスという感じはいない。私の隣に座った小柄な女の子としばらくしゃべってると「私、日本人ではないんです」「エッ！　どこの国の人?」「カナダです」という答えにビックリ。よく見るとハーフみたいだが、外国人とは気がつかないほど日本語はうまい。お昼は小学校で英語を教えてると聞き「私に英語を教えて」とマンツーマンの英会話教師を依頼。1時間5千円で契約が成立した。「あんなかわいい女性と2人きりで話ができて5千円は安いで」と事務所で自慢したら「授業のあと同伴出勤したらよけ高うつきまっせ」と同僚弁護士がヌカした。

平成23年9月24日（土）

老人介護の施設の選び方。①施設の椅子の高さが同じか、違う高さのものがあるか。＝人によって椅子の適当な高さが違うからバラバラの方がいい。②食事の前に手を洗わせているか、おしぼりで拭いているか。＝石けんで洗う方が清潔だし老人には刺激になる。③食事の配膳を施設の人が総てするか、要介護者にもさせているか。＝要介護者におつゆをよそわせるとこぼしたりするが、それをさせる方が自立を促す。④介護士が食事をさせるとき、要介護者と会話をしているか。＝食事は明るい雰囲気ですることが大事。⑤食事の様子を栄養士が見ているか。＝要介護者の好き嫌いや食事量をチェックして健康状態を確認する必要がある。こんな講演をしてくれたのは大阪弁護士会の松宮良典さん。自らヘルパー、ケアマネジャーの資格を持ち、高齢者福祉施設副施設長を経験したのち、介護老人を助けるため弁護士に。立派な弁護士もいます。

平成23年10月15日（土）

愛馬ローズキングダムの京都大賞典優勝でルンルン気分で第2京阪を走ってると、後ろから赤いランプを点滅させた灰色セダンが見えた。事件かな、と左へ寄ると、近づいてきた車から制服警官が止まれと手を振っている。「ヤラレタ！」と観念して覆面パトの後ろに停車。免許証を出すと「少しスピード出すぎですネ。どちらへ行かれたんですか」と警官はやさしい。「京都競馬ですわ。私の馬が優勝しましたんや」と自慢すると「それはお喜びのところを…」と同情してくれる。結局29キロオーバー、反則金1万8000円の決着で、キングダムの単勝1万円の払戻金を再び国庫に返納することに。前向きな私は、これは「いいことばかりではないぞ。運転に気をつけろ」という神のおぼしめし、そうだ、この2人の警察官は神の使いに違いないと納得した。手続きが全て終わり、車に乗ろうとする私に神様はおっしゃった。「お気をつけてお帰りください」

平成23年10月30日（日）

朝日新聞に「お布施の定価表示」について、お坊さんの賛否の意見が出ていた。株式会社おぼうさんどっとこむ代表・林数馬さんは、ホームページに読経セット戒名の値段を表示している賛成派。申し込みがあれば僧侶を派遣する一種の派遣業。株式会社だから税金も払っている。反対派代表は浄土宗の住職戸松義晴さん。お布施は修行のひとつで、戒名も宗派ごとに意義や伝統があり、体系化した料金を不特定多数の人に示すのは布施の精神に反するとおっしゃる。確かにお布施の料金はお坊さんに直接聞きにくい。だが、少なすぎたら失礼、多すぎたら損した気分になるから、仏事を行う者にとって料金表示はありがたい。しかし、料金が決まっていても、どんなお坊さんが来るか分からないのも困る。かたちだけの葬儀でいい人は「どっとこむ」へ、ありがたいお経（よく分からんが）を求める人は菩提寺へということか。

平成23年11月26日（土）

「刑事コロンボ」のＤＶＤセットを買った。最近のＤＶＤはよくできていて、セリフを英語で見ることも日本語吹き替えでも見ることができる。英語の場合、下に日本語の字幕が出るが、英語の字幕もついていてどれでも組み合わせることが可能。英語のセリフだけ／英語のセリフに日本語字幕／英語のセリフに英語の字幕（発音の勉強になる）／日本語のセリフだけ／日本語のセリフに英語の字幕／日本語のセリフに日本語字幕。最後の日本語のセリフに日本語の字幕は、字幕がジャマになるだけだが、吹き替えのセリフは役者の唇に合わせているせいか、字幕とだいぶ違っている。吹き替えでコロンボを演じる小池朝雄さん（だいぶ前に亡くなった）の声がいい。ゲストで出てくる吹き替えには日下武史、岸田今日子、山城新伍、加藤道子、北村和夫らそうそうたる顔ぶれ。全28巻（１巻約90分）を見終えるまで、体が続くか心配だ。

平成23年11月27日（日）

アメリカのウエストハリウッド市で、毛皮の衣料品販売を禁止する条例ができたという新聞記事。ウエストハリウッド市は人口３万５千、ロサンゼルスとビバリーヒルズに隣接していて、映画関係者も訪れ、毛皮コートを売るブランド店も多く、毛皮の小売・製造業者団体もあり、業者にとっては死活問題。発端は、動物愛護を主張する市議が提案、小売業者らの意見を聞いたうえで可決したというが、業者らは動物愛護団体の報復を恐れ反対の手を挙げられなかった。ただしこの条例は、毛を使っていない革製品や、毛皮をあしらったような家具は対象外になっているそうな。動物愛護を主張するなら、革だってダメと思うが、こんな間の抜けた法律を作るアメリカはけったいな国。私はこの動物愛護団体が大嫌い。シーシェパードの連中は、日本の調査捕鯨船に体当たりの暴挙。そんなヒマがあったらアメリカの食肉組合に突っ込めと言いたい。

平成24年1月14日（土）

「ポテチ税」という変な名前のハンガリーの税金が話題になっている。スナック菓子など塩分や糖分が高い食品を対象にした新税だが、１００グラムのポテトチップスに7円の税がかかり、これまで1袋37円だったものが50円に値上がり。菓子業界は大反発。なかには売上減少を心配、リストラを始めたところも。ハンガリーの消費税は従来25%だったが、今年1月に27%に引き上げられたというから、10%が高いと騒いでいる日本から見たら、地獄で鬼に踏んづけられるような話。ポテチ税の趣旨は「食べ過ぎを抑え、成人病の原因となる肥満を予防する」のが狙いと政府は言うが、肥満の原因は菓子だけではない。いっそのことなら、人間の体重について、身長と対比した基準を決めて、基準より1キロオーバーごとに1カ月100円とかの人間重量税を掛けたらどうか。みんな努力しまっせ。さしずめ、ドイツのメルケル首相。高額納税者になりそうだ。

平成24年2月18日（土）

韓国には姓以外に本貫という戸籍上の制度がある。本貫とはその祖先の出身地をさす言葉で、同じ金（キム）さんでも本貫が違えば結婚できるが、同じだと結婚できないと民法は定めている。何十代も前の祖先が一緒だからといって結婚できないのはおかしいが、1997年、韓国の憲法裁判所は、この民法の条項（809条1項）を違憲と判断した。主文が面白い。「民法809条1項は憲法に合致しない。上記法律条項は、立法者が1998年12月31日まで改正しなかった場合には、1999年1月1日その効力を喪失する。法院（裁判所）その他の国家機関および地方自治団体は、立法者が改正するまで、上記法律条項の適用を中止しなければならない」。日本と違って、韓国の憲法裁判所は「法律そのものが憲法違反かどうか」を審査することになっている。ちなみに1948年に制定された韓国憲法はこれまでに8回改正されている。

平成24年3月24日（土）

私の住む河内長野市に「河内長野市ふるさと歴史学習館」がある。先週日曜、初めて行ってみたが、地元から出土した土器や石器、民族家具などを飾った展示場は30坪くらい。全部見て回っても1時間もかからない。当日はお客も少なかったため、館員の人のよさそうなオジサンが私1人につきそって、親切ていねいに説明をしてくれた。この学習館は「くろまろ館」と呼ばれているが、その由来を聞いてびっくり。くろまろ館の近くに高向（たこう）という地域があるが、大化の改新に当たり・新しい行政制度や法律整備を中心になって行った人物は「高向玄理」（たかむこのげんり・くろまろ）。そのくろまろは河内長野高向の出身だという説にちなんで「くろまろ館」になったそうな。くろまろは小野妹子に従って留学生として隋に渡り、32年後に帰国して大化の改新に加わったと書いてある。そんな大昔、エライ人がいたにのだなあと感心。

平成24年3月25日（日）

「ハエも失恋したらやけ酒？」という朝日新聞の記事。アメリカの研究チームが、交尾ができないショウジョウバエのオスは、そうでないオスに比べて、アルコール入りの食物を多く取ることを実験で確認。オスは満足感が高いときに脳内に増える神経伝達物質の量がメスにフラれると少なくなり、この不足状態が続くと、脳に満足を与えるアルコールに依存するようになるというのだ。哺乳類にも同様の物質があり、この研究結果は（人間の）アルコール依存症の仕組みの解明につながる可能性があると結論づけている。ちょっと待って！　そんなら、アルコール依存症の男は全員女にもてない不能男になるじゃないか。女にもアルコール依存症はいるが、そんな女性も男にフラれたやつばかりか？　今どきの草食系男子がアル中になっているとは思えないぞ。とは言いながら、アル中を治すには「交尾」が効くなら、大いに交尾をしようではありませんか。

平成24年4月8日（日）

桜花賞で一番の思い出は、共同馬主クラシック初勝利のレジネッタだが、33年前のホースメンテスコは、私を競馬の世界へ引っ張ってくれた馬として記憶に残る。その年の桜花賞の週、私は毎日放送ラジオ「ありがとう浜村淳です」の番組スタッフと飲んでいた。私はこの番組の法律相談を担当していたのである。浜村さんの映画談議が終わっての帰り、ディレクターと桜花賞の話になり、私はホースメンテスコを推薦した。何の根拠もなかったが、新馬特別を連勝したあと4戦して負けて人気薄になっていた。ドシャ降りで田んぼのような馬場をスイスイと泳ぎ切って優勝。私を信じた人の好いディレクター氏は４１２０円の単勝を買っていた。そのお礼にと、その年の10月、ディレクター氏はラジオの競馬中継のゲストとして呼んでくれたのだ。レジネッタは今年、ハービンジャーの牡を出産。クラブの馬に登録されたら絶対買うぞ！

平成24年4月14日（土）

昨年店じまいをした新地のバーのママさんの還暦祝いパーティーに参加。全員で竹内まりや作詞・作曲の「人生の扉」を歌う企画があった。「春がまた来るたびひとつ年を重ね（中略）気がつけば五十路を越えた私がいる」という日本語の詞のあとに英語のサビが入るのだが、これがまた還暦祝いにぴったり。「I say it's fun to be 20. You say it's great to be 30.」（20歳になるのは楽しみだろ、30歳になるのはすばらしいよね）…といった調子で50歳までの年代を礼賛し、後半では「I say it's fine to be 60. You say it's alright to be 70. And they say still good to be 80. But I'll maybe live over 90.」（60歳になるのもすてき、70歳になったって大丈夫、そして80歳だって悪くないらしいよ。だけど私は90歳まで生きるから）と続く。もちろん私は I'll surely live over 90. と大声で歌った。この歌、古希、喜寿、米寿祝いにも使えますよ。

平成24年4月15日（日）

暖かくなってビールの季節。私は銘柄ではエビスビールが大好き。他のビールより少し割高だが、買うならエビスである。金色の缶には「YEBISU」と書かれているが、ローマ字なら「EBISU」ではないかと疑問を持っていた。石川敦子著『渡る世間は「謎」だらけ』（河出書房新社刊）を読んで、謎は解けた。石川さんは、恵比寿の「恵」はひらかなの難しい「ゑ」で「わ行」だから、「ＷＥ」なら分かるが、とサッポロビールに尋ねたら以下の答え。日本語をローマ字で表記するようになったのは16世紀頃、ポルトガルの宣教師が始めたそうだが、その時「え」も「ゑ」もローマ字で「ＹＥ」と表記された。明治23年に恵比寿ビールができたとき、「ＹＥＢＩＳＵ」となったのが今日に至っているとのこと。今となっては「ＥＢＩＳＵ」より「ＹＥＢＩＳＵ」の方が似合って見える。日本の「円」を「ＹＥＮ」と書くのも同じ理由とか。

平成24年5月13日（日）

幻冬舎社長・見城徹さんと藤田晋さんの共著『人は自分が期待するほど、自分を見ていてはくれないが、がっかりするほど見ていなくはない』が週刊現代で紹介されている。人を動かす16の金言が紹介されているが、私が一番気に入ったのは「負けたと負けているとは別物ということ」。見城さんが若い頃、人生に悩んだとき、阿佐田哲也さんに言われた言葉「君は十万円持って競馬場に行き、９万９千９百円負けたら『負けた』と思ってしまう人だ。でも、プロのギャンブラーにとって、それはプロセスに過ぎない。百円あれば馬券は買える。もしかしたら、そこから逆転するかも知れない。『負けた』ということと、『負けている』ということはまったく別物なんだ」。人生も同じ、と見城さんは悟り、立ち直ることができたという。今、京都競馬場で大金をすっている方々、ポケットに百円玉が残っていれば十分逆転は可能です。頑張ってください。

平成24年5月20日（日）

わが町、河内長野市役所から封書が来た。税金を払えという催促かと恐る恐る開けると「要介護認定を受けていない65歳以上の皆様へ、基本チェックリスト回答のお願い」と題して質問状が入っている。「バスや電車で一人で外出していますか」「椅子に座った状態から何もつかまらずに立ち上がっていますか」「階段を手すりをもたずに上がっていますか」「預貯金の出し入れをしていますか」「周りから『いつも同じことを聞く』などの物忘れがあるといわれますか」「電話番号を調べて電話をかけることがありますか」など。バカにするな！オレは車通勤じゃ、スピード違反で捕まるぐらいじゃ。椅子から一人で立ち上がっとるわい、ヨッコラショ言うて。手すりは用心のため持つだけや。競馬の口座毎週入れとるわ。出したことないけど。よう間違うけど電話ぐらい自分でかけてるぞ。知ってて同じこと言うとるんじゃ。回答なんかせえへんぞ！

平成24年5月26日（土）

『犬がどんどん飼い主を好きになる本』（青春出版社）。著者は日本訓練士養成学校教頭の藤井聡さん。エサのやり方について、時間をきめず、飼い主が意識的に時間をずらすべしと書いている。規則正しい食事は健康の基本というのは人間の世界の話。犬にエサをやる時間は、人間の都合でずれることがしばしば。いつも時間通りにエサを与えられている犬は、いつもの時間にエサをもらえないと「オイッ！　とっくにめしの時間が過ぎてるじゃないか！」とイライラする。このイライラは腹が減ったイライラではなく、時間にエサが出てこないことへのイライラ。いつエサをもらえるか分からないと、犬の方は、ご主人がくれるときが食事の時間という習慣がつき、イライラしないのだそうだ。わが家のコジロー、ご主人の帰宅時間が極端に不規則。午後3時頃晩ご飯のときもあれば、夜中1時のときも。私は知らず知らず、正しい教育をしていた。

平成24年6月9日（土）

独立行政法人といえばお役所。その日本原子力研究開発機構（いったい何をしているのかよく分からんが）がウェブサイト上で、放射線・放射能を夫婦げんかにたとえて説明した内容が市民の批判を受けているそうな。「放射線・放射能を夫婦げんかにたとえた場合」として、夫に対して怒りをあらわにする女性のイラストをつけ「奥さんの怒鳴り声が『放射線』」「怒鳴り声を上げてしまうような奥さんの興奮している状態が『放射能』」「怒って興奮している奥さんそのものが『放射性物質』」と説明したのだが、「たとえが適切でない」と多くの苦情（たぶん女性だろう）が寄せられ、サイトから削除された。私も放射線と放射能の違いがよく分からなかったが、このたとえなら理解できる。放射線はこちらに飛んでくる危険な物体（怒鳴り声だけでなく物も飛んでくる）、奥さんそのものが放射性物質なんてうまいこと言うなあ。怖いぞ放射性物質は。

平成24年6月17日（日）

開高健・小田実共著『世界カタコト辞典』（文藝春秋社刊）から一話ご紹介する。小説家がアメリカを旅したとき、現地の文芸少女のアパートでイザとなったが、栄養失調のせいか、コーフンしすぎのせいか、うまくねんごろになれなかった。幾度かの試みの後、彼女は早口で言ったが、聞き取れず、学校文法的に聞き返した。「アイ・ベック・ヨウ・バードン」（モウ一度言ッテタモレ）。彼女は恥ずかしげに身をよじらせ、しかし、事務的に会話学校の女教師のように、一語一語区切って繰り返した。「レット・ミー・ライオン・トップ・オブ・ユー」（ワタシ・アナタノ・ウエニ・ナルノ）。のち彼は小説の中でこの言葉を用いたが、誤って「Let me lie on the top of you.」と書いた。友人の几帳面な英字新聞記者が電話でアイサツも抜きにして言った。「あれ、冠詞いらんはずだぜ」英語は難しい？

平成24年7月1日（日）

『姓名学の事典』（平木場泰義著＝東京堂出版）を古本屋で買った。氏名の字画でその人を占うというヤツ。姓は天運、名は地運。姓の下と名の上を足したものを人運、姓の上と名の下を足したものを外運、全部の画数を足したものを総運といい、それぞれが、いい画数であることが望ましい。私の場合、天運の「的場」は20画、地運の「悠紀」も20画。人運の「場悠」23画、外運の「的紀」は17個となる。ところが、天運・地運の20、総運の40は大変な凶。人には信頼されず、ムダ遣い病という持病持ちで最悪と書いてある。（そういえば、このコラムの予想は全く信頼されず、ムダ遣い病という持病は治らない）。人運の23と外運の17はまずまずの吉。いろいろ研究した結果、（姓は変えられないので）「紀」の「（9個）」を「記（10個）」に変えると全ての運勢がよくなると分かった。よって本日は「的場悠記の勝ってみせます」にする。皆さん、当たりますぞ！

平成24年7月14日（土）

35年前、私の娘が中2のとき、学校でイジメを受けた。男子生徒に顔を十数回殴られたのである。お岩さんのような顔を見て、私は怒髪天を衝いた。夕方、女教頭が1人でやって来て、「誠に申し訳ありません。やった本人も反省しておりますので、穏便にお願いします」と頭を下げた。「反省しているのなら何故本人が謝りに来ないんですか。本人に謝りに来させなさい」というと教頭は黙ったまま。「ヨシ！　本人が謝りに来ないなら、明日私が登校する相手を待ち伏せして思い切り殴らせてもらう」というと「ちょっと待ってください」とあわてて帰り、今度は加害生徒とその母親を連れて来た。小さな声で「ごめんなさい」と言う中学生を私は怒鳴りつけた。「コラッ！　弱い者イジメするな。今度したら足腰立たんほどドツキ倒すぞ！」。以後、その生徒はおとなしくなったそうな。後で分かったが、その生徒の父親は暴力団組長だったという。あ～こわー。

平成24年7月22日（日）

大阪大学法学部の同窓会で、元外務事務次官藪中三十二さんの「国際社会と日本」という講演を聴いた。次官といえば事務方の大臣、実質上日本の外交を仕切ってきた人。テレビで見た藪中さんはクールでソフトな外交官というイメージだったが実物もその通りだった。当日の出席者の名簿に、元住友銀行の頭取の西川善文さんの名も。西川さんは私の4年、藪中さんは13年後輩だ。立派な後輩を持つと先輩として鼻が高い。現スポニチ大阪本社代表で元レース部長の森本康夫さんも阪大法学部、最近競馬記者になった岡崎君も後輩だ。藪中さんは講演の中で尖閣についてこう言った。「日本はマスコミが大騒ぎをするけど、政府は中国の反応を恐れて何もしない。日本は何も言わずに、尖閣に岸壁を作るなどして速やかに実効支配をするべきです。日本の領土だと騒ぐだけ騒いで、何もしないということは最悪です。石原さんがあまり騒ぐのも良くない」

平成24年9月15日（土）

コラムのネタ探しを事務所でしていたら、女性事務員が「女性月刊誌のおまけの話はどうですか?」とヒントをくれた。「何や、それ?」と聞くと、最近の女性誌には月替わりでおまけがついていて、女性たちはそのおまけを目当てに雑誌を買うという。子供の頃、グリコの箱の上におまけ箱がついていて、それを目当てに「一粒三百米」を買ったものだが、その女性版。家の近くのスーパーで、手当たり次第に4冊をレジに持って行くと、変な顔をされた。「ちょっと調査で…」とごまかす。ついてました。有名ブランドの定期入れ、芸能人のプロデュース香水、化粧品入れ袋、ブランドもののキッチンタオルと、６９０～７５０円という安いお値段の雑誌の価格以上のおまけ。本はタダだ。ただし、本の中身はファッションと化粧品の広告ばかり。読むところがない。本とおまけを女性軍に寄贈したら「ワーイ」という歓声。どうやら、彼女らに乗せられたか。

平成24年9月30日（日）

『大阪呑気大事典』（宝島社）は50人以上の大阪通が、大阪独特の用語について、どのような場面で使うか具体的な事例を示してユーモラスに解説した本である。「おいど」といえば「おしり」。「さぶいぼ」は「とり肌」のことだが、きょうは「いかれこれ」について。東京弁なら「ふんだりけったり」のことだが、解説はこうだ。「スキー場に行きコケてイタが歯に当たり、痛かったけど雪で冷やして女ひっかけたりしとったけど顔半分ハレて来、歯医者行ったらコラ折れてる、そんでくっつけてもろたけど1カ月したらグラグラ、で又医者行ったら脱臼してるテ、歯の脱臼聞くのン初めてやったけど痛いのがまんして前歯1本抜いて、根っこがないので両側のサラのんけずって3本つながったブリッジなって、保険きかんので30万もしたのにのみに行ってスルメかんで引っぱったら3本ともワヤになった様なとき」使うそうな。アア、ヤヤコシ！

平成24年10月14日（日）

朝日新聞に、人間とジャンケンをして１００％勝つロボットの話が出てた。このロボットと人間のジャンケンの様子をYouTubeで公開したら、多数のアクセスがあったそうで、私もインターネットで観戦した。ロボットのパーが3本なのは気になったが、確かにロボットの完勝。種あかしは、ロボットが人間の指を瞬時に認識して、1千分の1秒だけ遅れてそれに勝つ手を出す仕組み。つまり後出しだが、人間の目は1千分の1秒の時間差を認識できず、同時に出しているように見えるのだ。動画で何度もスローの映像を見ると、明らかにロボットの後出しが分かる。このロボットを開発したのは東大大学院の石川正俊教授。専門は1千分の1秒でカメラに映った物体を識別する高速画像処理ということだが、ＪＲＡの写真判定もその技術が生かされているのだろうか。このロボットどうしで勝負をしたら、どちらも相手の手を見合って手を出せないのかな？

平成24年10月21日（日）

私が毎日放送ラジオ『日曜競馬』にゲストデビューしたのは79年秋の中京競馬場。この年、京都競馬場が改修中で、当日のメーンは京都大賞典だった。放送席で緊張している私を、平松（邦夫、前大阪市長）さんが「きょうはすばらしいゲストをお迎えしました。弁護士というより馬券師、大阪弁護士会の的場悠紀さんです」と紹介してくれた。ビギナーズラックで予想した6R中4Rが的中、1回の出演のつもりが2年続くことに。本職の解説者は競馬ブック編集長の内炭重夫さん、まじめで学者のような風貌だった。ある時、内炭さんは放送で自分が予想したのと異なる隠し馬券を買っていて、それが万馬券となった。ところが内炭さん、レース後すぐにその馬券を誤って下のゴミ箱に捨ててしまった。気がついた内炭さん、あわててマイクをはずし、ゴミ箱をひっくり返し始めた。平松さんが「内炭さん」と呼んでもゴソゴソやっている。後で皆、大爆笑した。

平成24年11月3日（土）

中学生の頃、我が家にマメオという黒トラ猫がいた。そこへ野良が迷い込んできて、マメオの遊び相手になってくれていたので、マメオと一緒にご飯をやってると居ついてしまった。

6キロ以上ある大きな灰色の猫で、異常に頭が大きかった。当時、我が家の勝手口の扉は、下にレールを敷いた車のついたやつだったが、野良君はこの扉に手をかけて引っ張って開ける特殊能力を持っていた。ガラガラと戸を開けた野良君は、開けたあと、後ろに下がり、先にマメオを家に入れてから自分が後から入り、居候の身分をよくわきまえていた。マメオはこのガラガラの技術をすぐに習得、野良君は「家庭教師」と呼ばれるようになった。物のない時代、我が家のオカズは高野豆腐が多かったが、家庭教師が水につけた高野豆腐を手ですくい上げて食べるので、鍋のフタをしたら、今度はこのフタを手で叩いて開ける技術を開発。本当に頭のいい家庭教師だった。

平成24年11月4日（日）

来年は巳年、蛇はあのグロテスクな格好で、毒蛇でなくても蛇を好きな人はあまりいない。私も好きではないが、見てもびっくりして逃げることはない。先日、畑で久しぶりに茶色い蛇がニョロニョロと散歩していたが、よく見るとかわいい顔をしてた。昔から蛇はお金に縁があると言われ、夢に蛇が出てくると、いい事があるという言い伝えがある。実家の木に蛇の脱皮した皮を見つけた母親は、それをたたんで後生大事に財布に入れて持っていた。そのせいか、大金は入らなかったが、母親の経営する木賃宿は大はやり。私もその蛇皮のおかげで大学へ行けた。小学館のことわざ事典によると、この蛇皮伝説は日本全国にあり、播州赤穂では「着物がたくさんできる」と言われ、青森では「クジに強くなる」とされているそうな。そうか、今度蛇の皮を見つけたら、財布に入れて年末ジャンボを買いに行こう。田舎の皆さん、やってみませんか。

平成24年12月8日（土）

変わった読み方の名前について『雑学おもしろ読本』（日本社刊）からご紹介する。小鳥遊＝「たかなし」さんと読む。タカがいないから小鳥が遊ぶというところから。月見屋＝「やまなし」さん、山がないから月が見える…まるで一休さんの禅問答みたいだ。四月一日「わたぬき」さん、4月1日になると綿入りの着物を脱ぐから。暖冬の今なら三月一日さんか。ペンネームの由来。二葉亭四迷（ふたばていしめい）は小さい頃から本ばかり読んでいて、父親に「おまえのようなやつは〝くたばってしめえ〟」と言われたから。大阪なら「四二九三〇（しにくされ）」になるか。タモリさんは、本名の森田を逆にしたことは有名だが、本紙でコラムを書いていた青木るえかさんは、学生時代のあだ名が「かえる」。これをひっくり返して「るえか」に。ＳＦ作家の眉村卓さんの本名は村上卓二だが、ペンネームの理由は同じイニシャルにしたかった。

平成24年12月16日（日）

お正月とくれば百人一首である。『こんなに面白かった「百人一首」』（吉海直人監修・PHP文庫）は、一首ごとに歌のできた背景・世相を解説してあり、百人一首の面白さを改めて教えてくれる本。例えば「春の夜の夢ばかりなる手枕にかひなくたたむ名こそ惜しけれ」という周防内侍の歌。二条院で多くの人が集って一晩中語り合っていたところ、周防内侍が眠けを覚えたのか、何かに寄りかかって横になろうとして、ふと「枕がほしいな」とつぶやいた。聞いた大納言忠家が「これを枕にどうぞ」と自分の腕を御簾の下から差し出した時、詠んだ歌。意味は、春の夜の夢のようにはかない手枕のために、つまらない浮き名が立ってしまうのは、なんとも残念なことですよ。つまり、あんたの腕を借りてヘンな噂が出たら困るからお断りしますということ。百人一首をしたことのない人でも面白い本。皆さん、読んで下さい。税別６２９円。

平成25年1月12日（土）

エスカレーターに乗ると、東京ではじっと立っている人は左側、空いた右側を上って行く人と分かれているが、大阪では逆。せかせかと上って行く人は左側、立ったままの人たちは右側。道交法ではエスカレーターの利用方法は定められていないから、これは習慣の違いだろう。なんで東京と大阪で違うのか。つらつら考え、私は一つの結論に達した。日本では本来左側通行。エスカレーターの利用方法は動く階段に立って運ばれるもの（じっと立ってる）が通常の使い方だから東京の左側立ちは本来の使い方といえる。一方、大阪では左側を駆け上って行くのが通常の使い方。エスカレーターに乗ってじっとしているより駆け上った方が早いやないかという考えが主流を占めていて、駆け上がるのがエスカレーターの通常の使い方という考えと左側通行が結びついての結果ではないか。この話を事務所でしたら、Ｆ弁護士。「大阪の人間、なんも考えてまへんで」

平成25年2月9日（土）

小学館の『ポンペイの遺産』（青柳正規監修）という写真集を見ると、２０００年前のポンペイの人達の文化の高さに驚かされる。ヴェスヴィオ火山の突然の噴火で逃げる間もなく火山灰に埋まってしまい、人々の生活している状態のまま発掘され、まるで古代が現代にタイムスリップしたみたい。統治制度がしっかりしていたのか、公共広場や劇場、公衆浴場もあり、町中に水道が引かれ、水の出口となる女神像の口には蛇口までついている。パン屋では粉を引く臼、焼く窯のそばに出来たてのパンもそのまま残っている。大きな別荘跡にはワインを作っていた圧搾機もあったそうで、ポンペイの富裕層のぜいたくな暮らしが想像できる。面白いのは町の中心部にある「娼婦の館」ソノ手の商売は２０００年前からあったようで、小さく仕切られた部屋には、まさに熱戦中の男女の壁画が。実際にこの部屋で灰に埋もれた男女がいたら幸せだったろうなあ。

平成25年3月10日（日）

トイレは昔は、雪隠（せっちん）と言った。『ことわざ大辞典』（小学館）から雪隠のことわざを紹介する。「雪隠浄瑠璃」便所の中で1人で語るばかりで、人前ではやれないへたな浄瑠璃。へたくそな芸。「雪隠詰め」将棋で相手の王将を隅に追い詰め、動けないようにする。転じて、人を窮地に追い込むこと。「雪隠で饅頭（まんじゅう）」便所で密かに饅頭を食う。こっそりうまいことをするたとえ。「雪隠の火事」糞（くそ）が焼けることから「焼け糞」にかけていうシャレ。「雪隠へ落ちた猫」汚くて手をつけられないところから、つかまえ所がないこと。「雪隠の棟上げ」小さな家の棟上げをあざけっていう。「雪隠の錠前」昔、便所に入った人は咳払いをして、あとから来た人に使用中であることを知らせたところから、咳払いのこと。「雪隠を美しくすると良い子を生む」便所を清潔にすれば子供に恵まれるという俗語。そういえば、そんな歌あったなあ。

平成25年4月20日（土）

五味康祐さんの『五味人相教室』（光文社）にこんな話が出てる。京舞の井上八千代さんがお弟子さんの稽古のときの叱声のひとつに「おそそをお締め！」というのがあった。京舞でもっとも肝心なのは腰構えで女性器をだらしなくしてると腰の線がゆるむ＝つまり膣口のゆるんだ女性は着物を着ていても井上さんの眼には分かったという。この話を聞いた財界の大物が、自分がめんどうをみようと思う妓の選択を井上さんに一任しようとした。井上さんのお眼鏡にかなった女性なら、さぞ閨（けい）の味がよかろうというわけ。これを聞いた井上さん「アホらしい…、地唄をよう舞う子なら、みな良うしまってますえ」と言ったとか。

平成25年4月27日（土）

30年ほど前、毎日放送テレビ「ごきげん2時」という番組出演のため、1階でエレベーターに乗ったら、閉まりかけたドアをこじ開けて乗ってきた小柄な美女。きれいなオッパイを半分くらい見せた派手な服。思わず谷間をのぞいたら「どこ見てんだよ！　バカ！」と野太い声、顔を見るとカルーセル麻紀さんだ。「スンマセン」と謝ったらドアが開いて降りていった。麻紀さんも当日「ごきげん」に出演、私が弁護士と知って、コマーシャルの間に「ワタシこの間銀座でケンカして男を殴ったけど事件になるかしら」と法律相談する変わり身の速さ。その麻紀さんも70歳、でもテレビでは相変わらずキレイ。やっぱり彼女はバケモノかも。

平成25年6月22日（土）

毎日放送ラジオ「ありがとう浜村淳です」が今年で40年になるそうな。番組が始まってから10年間、私は土曜の「人生相談コーナー」の法律相談を担当していた。リスナーからの法律相談に弁護士が回答したのを浜村さんが分かりやすく脚色して解説してくれた。番組は朝8時からだが、浜村さんは2時間以上前にスタジオへ入り、新聞、雑誌に目を通し、その日のネタを決める。何度かゲストで出演したが、浜村さんが細かい進行表を持っているのを見たことがない。頭の中に、しゃべる内容や時間の計算ができているのだろう。あのお年（失礼）になって、脳の交通整理と舌の回転が衰えないのは立派。ちなみに「ありがとう～」の始まった昭和49年は、ミスターの現役引退、田中角栄内閣退陣の年。紅白の出場者、白組海援隊「母に捧げるバラード」、紅組山口百恵「ひと夏の経験」と懐かしい曲がある。浜村さん！　50周年まで頑張ってくださいネ。

平成25年8月24日（土）

日本人の付和雷同は次のジョークに代表される。ある豪華客船が航海途中に沈み出したとき、船長は乗客達に速やかに船から飛び込むように指示を出した。アメリカ人には「飛び込めばあなたは英雄ですよ」イギリス人には「飛び込めばあなたは紳士です」ドイツ人には「飛び込むのがこの船の規則となっています」イタリア人には「飛び込むと女性にもてますよ」フランス人には「飛び込まないで下さい」日本人には「みんな飛び込んでますよ」（『世界の日本人ジョーク集』早坂隆著＝中央公論社刊）。私の友人谷本亮輔画伯は今年から団地の班長に就任。先日、団地に車寄せを作ることへのアンケートを10軒に配ったが締め切り間近までに集まったのは3軒だけ。一計を案じた彼は次のような高札を掲示板に張った。「あと、一軒だけです。アンケートはお早く」。その日のうちにアンケートは全員回収された。「あなた一人だけ」に弱い日本人。

平成25年10月19日（土）

俳句に対する川柳のように、和歌に対する狂歌がある。世相を皮肉ったり、こっけいさを含む31文字である。「世の中の酒と女はかたきなりどうぞがたきにめぐり会いたい」という有名な句がある。作者として有名なのが大田南畝（蜀山人）。彼が作った小倉百人一首をパロディー化した「蜀山先生狂歌百人一首」をインターネットで見つけた。たとえば「我がいおは都のたつみしかぞ住むよを宇治山と人はいうなり」→「わがいおはみやこの辰巳午ひつじ申酉戌亥子丑虎う治」「もろともにあはれと思へ山桜花よりほかに知る人もなし」→「眼と口と耳と眉毛のなかりせばはなより外にしる人もなし」「春のよの夢ばかりなる手枕にかひなくたたむ名こそ惜しけれ」→「春のよの夢ばかりなるうたた寝にねちがひしたるくびぞ痛けれ」。面白い句が満載、一度見て下さい。私も一首「放射能封じ込めたと言いつつもれ出ずる水の止めようもなし」元歌はアレです。

平成26年1月11日（土）

たかじんさんが亡くなった。傍若無人の毒舌から想像できない、やさしい気配りのある人だったという声が多い。朝日放送テレビ「晴れ時々たかじん」に出演していた私も同感。天才と言われているが、たかじんさんは努力の人だったと思っている。当時、たかじんさんは家に7台ビデオを持ち、話題になる番組をすべて録画して、後でまとめて見ると言っていた。これは流行の話題をシャベクリに取り入れるため、またタレントの他番組での発言から、性格、人柄を読み取り、自分の番組に呼んだときの参考にしていたのだろう。たかじんさんが河内長野市民会館でコンサートをしたとき、私はケーキを持参して楽屋を訪ねたが、マネジャーが気の毒そうに「たかじんはコンサート前はどなたにも会わず1人で進行を考えていますので」と断られた。聴衆を引き込んだトークは計算されつくしたものだった。でもこんなに早い別れは計算外だったろう。

平成26年3月8日（土）

大阪府下、能勢にある捨て犬、猫保護のＮＰＯ法人アークの新聞記事「お犬様大歓迎」を紹介する。犬連れで休暇を過ごしたいと思った男性が、中西部にある小さなホテルに手紙を書いた。「愛犬を同伴してお世話になりたいのですが、夜間、犬を部屋の中に入れてもよろしいでしょうか？　彼は身だしなみもよく、お行儀も申し分ありません」と。ホテルの主人からすぐに返事が来た。「私は長年当ホテルを経営しておりますが、その間、ただの一度も、犬がタオルや寝具銀器などを盗んだり、壁の絵を外して持ち帰るような事例はなく、夜中に騒ぎを起こした酔っぱらい犬を退去させた経験もございません。犬にホテルの請求書を持ち逃げされた記憶もありません。もちろん当ホテルはあなたの愛犬を歓迎いたします。そして、彼の保証があれば、あなた様にもお泊まりいただきたく、お待ち申し上げます」。こんなユーモア、いいですね。

平成26年3月22日（土）

「大きなことを成しとげるために　力を与えてほしいと神に求めたのに　謙虚に学ぶようにと　弱さを授かった　より偉大なことができるようにと　健康を求めたのに　よりよきことができるようにと　病気を与えられた　幸せになろうとして　富を求めたのに　賢明であるようにと　貧困を授かった　世の中の人々の称賛を得ようとして　成功を求めたのに　得意にならないようにと　失敗を授かった　人生を享楽しようとあらゆるものを求めたのに　あらゆることを喜べるようにと　いのちを授かった　求めたものは一つとして与えられなかったが　願いはすべて聞き届けられた　神の意に沿わぬ者であるにもかかわらず　心の中で言い表せないものは　すべてかなえられた　私はあらゆる人の中で　もっとも豊かに祝福されていたのだ」。知人の中尾久美子税理士が所報で紹介された詩。ニューヨークの病院の壁に書かれていたそうな。いいねえ。

平成26年4月20日（日）

大阪弁護士会の会派の機関誌に、大阪弁護士会から京都弁護士会に登録替えした弁護士が、大阪と京都の違いを語っている。「よく京都では、なかなか和解ができないと言われますが、その原因は、依頼者の気質もさることながら、弁護士の気質によるところも小さくないと思います。大阪の弁護士はまず結論から考える傾向が強いのに対して、京都の弁護士は結論が理論で裏付けられるのかということに、よりこだわる傾向があるように思います。これが大阪に言わせると『京都は原理主義』、京都に言わせると『大阪は理屈なんてどうでもいいと思っている』ということになるわけです」。その通り、私なんか「理屈なんてどうでもいい、結果がよければ」という純粋な大阪派である。この弁護士の傾向は、依頼者という立場でもっと顕著になる。大阪では「損得」で説得できるが、京都の人には一応「道理」が通っているという説得が必要だ。

平成26年5月11日（日）

渡辺淳一さんが亡くなった。私より1つ上だが、同世代の人が亡くなると「次は自分か」という気持ちになる。中年（時には老人）と若い女性の不倫を題材に、上品でエロティックな描写は、他の作家がまねできないものだった。映画化で有名女優を裸にして我々を楽しませてくれたが、ご自身も亡くなる直前まで艶聞の絶えない人で、若さを保つのは若い女性の肌に触れることと公言していた。昨今の週刊誌の老人セックス奨励ブームの源は渡辺さんかもしれない。札幌医大で講師をしていたとき、日本で最初の心臓移植手術をした同じ大学の和田寿朗教授を批判したことから大学を辞めたことが作家への転身といわれている。当時は医学部が今以上に上下関係が強かった時代。そんな中で上司に盾突いた渡辺さんは反骨精神旺盛な人だったのだろう。オレも渡辺さんのように若い女性を追いかけようと言ったら、あんたはタダのエロジジイとの声。

平成26年5月18日（日）

日本の紙幣には人物が描かれている。最初の人物は明治14年に出た神功皇后の1円札。次が明治21年に出た菅原道真の5円札。その後、道真は何故か35円という半端な札も。以下、時代順に武内宿禰、和気清麻呂、藤原鎌足、聖徳太子、日本武尊と日本史上の人物。それ以外にも忠君で名高い楠木正成、児島高徳も。第2次大戦後、民主化の影響か突如、二宮尊徳の1円札が出現。以後、板垣退助、岩倉具視、高橋是清、伊藤博文など明治の政治家。福沢諭吉、新渡戸稲造の大学創設者、野口英世、夏目漱石、樋口一葉の学者作家。これまで1番多くの札に登場しているのは聖徳太子。現在、町から消えてしまった2千円札は、紫式部の源氏物語。お札の人物を見ると政治家か文化人。高橋と伊藤は総理大臣経験者。現在、集団的自衛権に必死で取り組んでいる安倍さん。無事にアメリカと組んで中国を封じ込めたら、今世紀後半には10万円札の顔になるかもしれん。

平成26年6月8日（日）

枚方市で暴力団員が民生委員をしていたというブラックジョークみたいな話。バレた発端は、暴力団員であることを隠して信用金庫に口座を開設し、３００万円の融資を受けた男が詐欺で捕まったことから。民生委員は自治会などから推せんを受けて厚労省の大臣が委嘱する非常勤の公務員で、生活保護を受けるときには相談にのってくれ、なくてはならない存在だ。みなさんの地域でも、古くからその町に住んでいて住民の状態をよく知っており、世話好きで親切な人が民生委員をしているはず。このヤクザ民生委員氏は、自治会の会長までしていたというから、地元の名士で世話好きな人物だったのだろう。暴力団排除条例ができて以降、暴力団員は銀行と取引できなくなり、従来あった口座も解約されてしまうので、ヤクザは内妻や子供の名義を使っている。過去に自治会のために働いたこと、民生委員として困ってる人を助けたことに免じ、寛大なご処分を。

平成26年10月19日（日）

大坂夏の陣で大阪城が落城した際、豊臣秀頼は死んだことになっているが、実は薩摩から沖縄へ渡って逃げて生きていたという説を、上里隆史著『目からウロコの琉球・沖縄史』が紹介している。平戸にあったイギリス商館長だったリチャード・マックスの日記に、秀頼が沖縄に逃げたというウワサがあると書かれており、ウワサは庶民だけでなく、平戸の大名松浦氏からも届いたという。徳川家康に仕えたイギリス人ウイリアム・アダムス（日本名は三浦按針）が1614年に琉球に寄港した際、「大阪から落ちのびてきた位の高い人物が首里に来た」という話が記録に残っているそうな。また、幕府は薩摩藩を通じて琉球に大阪の落人を捜索して日本に引き渡せという命令を出したという史実もある。大阪人としては、この説に賛成したいが、果たして事実はいかに。沖縄の方々、ひょっとして、あなたは豊臣家のお血筋では？

クイズ

5	6	7	8
12	13	14	15
19	20	21	22
26	27	28	29

平成17年2月20日（日）

日弁連機関紙「自由と正義」に投稿された名古屋の相場洋一弁護士の「マジックのすすめ」から数字のマジックをご紹介する。左の16のマスはカレンダーから切り抜いたもの。①この中の数字の1つを○で囲み、○で囲んだ数字の横と縦の数字を総て線で消す。②残った9個の数の1つを○で囲み、その横と縦の数字を総て線で消す。③残った4個の数字の1つを○で囲み、その横と縦の数字を消す。④最後に残った数を○で囲み、○で囲んだ4つの数を合計してみてください。ハイ、答えは68でしょう。人に試してみてください。

平成17年2月27日（日）

毎日新聞社刊の『話のネタ』からのクイズ。駅の珍名どれだけ読める?:①大楽毛（根室本線）②北一己（留萌本線）③階上（八戸線）④艫作（五能線）⑤及位（奥羽本線）⑥五十公野（赤谷線）⑦酒々井（成田線）⑧動橋（北陸本線）⑨為栗（飯田線）⑩朝来（紀勢本線）⑪特牛（山陰本線）⑫小奴可（芸備線）⑬木場茶屋（鹿児島本線）⑭彼杵（大村線）⑮香春（添田線）。答え、①おたのしけ②きたいちやん③はしかみ④へなし⑤のぞき⑥いじみの⑦しすい③いぶりばし⑨してぐり⑩あっそ⑪こっとい⑫おぬか⑬こばんちゃや①そのぎ⑮かわら。難しいねえ。

平成18年6月4日（日）

四国八十八ヶ所八十番「讃岐国分寺」へお参りした人が、同寺の「つもりちがい人生訓」を持って帰ってくれた。

1、高いつもりで　低いのは　教　養
　　低いつもりで　高いのは　気　位
1、深いつもりで　浅いのは　知　識
　　浅いつもりで　深いのは　欲　望
1、厚いつもりで　薄いのは　人　情

1、薄いつもりで　厚いのは　面の皮
強いつもりで　弱いのは　根性
弱いつもりで　強いのは　自我
1、多いつもりで　少ないのは　分別
少ないつもりで　多いのは　無駄
1、長いつもりで　短いのは　一生
短いつもりで　長いのも　一生

平成19年8月12日（日）

すし屋で魚偏の字がたくさん書かれたのれんを見かける。先日、木曽のおみやげに、木偏の字200字を書いた手ぬぐいをもらった。杏、楓、楡、榴、杞は初歩的だが、あんず、かえで、にれ、ざくろ、くこと仮名がふっている。四季をつけた椿、榎、楸、柊のうち秋は難しい。ひさぎと読む。樿、橅、橙、榧、楜はつげ、ぶな、だいだい、かや、くるみ。李、椹、梔、棫、檍あたりになると読めない人も多いだろう。すもも、さわら、くちなし、たら、もちのきが正解。難解なものでは棯、椴、桍、棔、楙。ナツメ、とどまつ、とねりこ、ねむのき、ぼけ。楂、櫨、楨、檀、棣に至っては全くお手上げ。さんざし、しどみ、ねずみもち、まゆみ、にわざくら。しかしこれらの漢字は全部『大漢語林』（鎌田正・米山寅太郎著＝大修館刊）に出ている。辞書をつくる人は本当にエライですなあ。

平成19年9月9日（日）

新中国語講座パートⅡ。漢字で大体意味が分かると思っている日本人は多い。しかし、字から受けるイメージと全く異なる中国語も多い。次の漢字の意味を正しくいえる人はよほどの中国通。「手紙」「老婆」「東西」「故人」「走」「表」「新聞」。答は「トイレットペーパー」「奥さん」「品物」「古い友人」「歩く」「腕時計」「ニュース」。次のクイズは国名当て。「美国」「伊朗」「新加坡」「瑞士」「徳国」「巴西」「俄国」。答「アメリカ」「イラン」「シンガポール」「スイス」「ドイツ」「ブラジル」「ロシア」。アメリカ大統領の当て字も面白い。「华盛頓」「林肯」「罗斯福」「肯尼迪」「尼克松」。順に「ワシントン」「リンカーン」「ルーズベルト」「ケネディ」「ニクソン」。肯徳基＝ケンタッキー、麦当劳＝マクドナルド以上に今目立つのが奥林匹克＝オリンピックの看板とか。

平成19年12月22日（土）

先週につづきゴルフ好きN君のお遊び紹介。ゴルフ用語を玉偏で創作した漢字の読み方を当てるクイズです。

⿰王空⿰王近⿰王無⿰王構⿰王必⿰王高⿰王頭⿰王前⿰王罰⿰王差
⿰王飛⿰王附⿰王壽⿰王⿱外入⿰王⿱外出⿰王⿱冂入⿰王⿱圭一⿰王⿱寿力⿰王⿱打右⿰王⿱打左

答えは順に「空振り」「ニアピン」「ロストボール」「アドレス」「プレッシャー」「テンプラ」「トップ」「ダフリ」「ペナルティー」「ハンディ」「ドラコン」「ローカルルール」「シングル」「ノンズロ」「ＯＢ」「アプローチ」「パープレー」「ベスグロ」「スライス」「フック」。できましたか？

平成20年6月21日（土）

大学の同窓会で元阪神電鉄に勤めていたＤ君（もちろんトラ党）がタイガースクイズを出した。そのうちの古い記録分を御紹介する。日本のプロ野球は（①）年、大日本東京倶楽部（のちの巨人軍）が誕生し、続いて（②）年、（株）大阪野球倶楽部（のちの阪神）が創立され、チーム名は募集により「大阪タイガース」と命名。戦前、タイガースは（③）監督のもとで２回、更に若林監督のもとで１回優勝している。戦時色が強くなり、ユニホームからローマ字が消え、監督、選手、マネージャーの呼称がそれぞれ、教士、戦士、秘書となり、更にストライクは正球、ボールは悪球、セーフは安全、アウトは（④）（イ）即死（ロ）死失（ハ）無為（ニ）失敗（ホ）阻止（記号を選ぶ）、ホームランは生還、フォースアウトは封殺と変更された。答え①１９３４、②１９３５、③石本、④（ハ）。トラファンの皆さん。できましたか。

平成21年4月5日（日）

『現代用語の基礎知識２００９年版』（自由国民社）の付録「世界の国と人びと学習帳」に世界中の国の首都が紹介されている。アジア、ヨーロッパ、南アメリカは大体分かるがアフリカはほとんど知らない。そこで読者にクイズ。次の首都をもつ国の名は？　①チュニス②ラバト③トリポリ④ハルツーム⑤ウンジャメナ⑥コナクリ⑦ダカール⑧アディスアベバ⑨ヤウンデ⑩アクラ⑪アブジャ⑫ヤムスクロ⑬カンパラ⑭モガディシュ⑮ダルエスサラーム⑯キガリ⑰マプト⑱ルアンダ⑲ハラレ⑳プレトリア。答①チュニジア②モロッコ③リビア④スーダン⑤チャド⑥ギニア⑦セネガル⑧エチオピア⑨カメルーン⑩ガーナ⑪ナイジェリア⑫コートジボアール⑬ウガンダ⑭ソマリア⑮タンザニア⑯ルワンダ⑰モザンビーク⑱アンゴラ⑲ジンバブエ⑳南アフリカ。国の名前に聞き覚えはあるが、皆さん、できましたか？

平成21年9月27日（日）

『読めそうで読めない漢字2000』（加納喜光著＝講談社）は漢字の読み方の難しさを教えてくれる。漢字の読み方には音と訓があるが、日本的な読み方の訓読みでも、同じ字でいく通りもの読み方をするからややこしい。例えば「暇」。意識する暇（ひま）がない、枚挙に暇（いとま）がないと使い分ける。では次の読み方は？　①愛おしい②紅葉を愛でる③愛弟子。①いとおしい②めでる③まなでし。①自惚れ②遊び惚ける③寝惚けた時④惚気られる⑤惚けた台詞。①うぬぼれ②ほうける③ねぼけた④のろけ⑤とぼけ。①私の傍に②自分の傍③傍から見ると④傍目八目。①そば②かたわら③はた④おかめ。①眩しく映る②眩いばかり③目眩く。①まぶしく②まばゆい③めくるめく。①噂が燻る②燻し銀の演技③タバコを燻らす。①くすぶる②いぶしぎん③くゆらす。①幻に怯える②風にも怯まない。①おびえる②ひるまない。麻生さん、いくつできますか？

平成21年11月28日（土）

奥様方の間ではやっている文字遊びをご紹介する。

銀行酒場	3 3 3 3 3 3 お 3 3 3 3 3 3	目 キ	八九三 カキクケコ	父嫌
頭頭	愛米札	4 5	車５番	日女中本

この読み方を答えてくださいという問題。左上端は「バンクーバー」次は「おまわりさん」といった要領。回答「目の仇」「ヤクザ稼業」「パパイヤ」「頭痛」「アイドル」「四捨五入」「シャネルの五番」「メイドインジャパン」。いくつできましたか？

©谷本亮輔

第二部

続　アンソロジー

弁護士　的場悠紀の

訟廷日誌

「それじゃ、とりあえずこの借用書について、支払うよう内容証明郵便を出しておきます。相手方から反応があればご連絡します」

山木は依頼者が帰るのを促すように立ち上がった。客の西川は「先生よろしくお願いします」と、広げた書類をカバンに詰め込んだ。

その時、応接室の扉が開いて、事務員の竹下えり子が「先生、弁護士会から刑事弁護委員会の座談会が始まっているので早く来てくださいとのことです」と声をかけた。

山木二郎は関西の私立大学を卒業後、大手商社に就職したが、体育会系の職場が合わず退職。大学時代の友人が弁護士になっていたので、司法試験を目指し、六年かけて弁護士になったのは十五年前の三十二歳。司法試験の勉強中は田舎の両親が生活費を送ってくれたので、バイトで稼いだ金で司法試験の予備校に通っていた。弁護士になって、個人の事務所で五年イソ弁をした後に独立して事務所を持った。事務所と言っても事務員一人の十五坪ほどの小さい個人事務所である。

独立後、大した顧問先もなく、弁護士会から回ってくる国選弁護事件を数多くこなしているうちに、弁護士会の刑事弁護委員会の委員にさせられて八年、委員会の副委員長を務めている。今日は委員会が行う修習生の指導の一環として、座談会形式での講師に指名されていた。

山木は十年前の訟廷日誌をカバンに入れると弁護士会館に向かった。

山木が急ぎ足で会議室に入った時、時計は開始時間を二十分過ぎていた。五十人程の修習生が座り、向かい合った先輩弁護士の講師席は四つ。空いていた一番端の席に山木はそっと腰を下ろした。修習生たちは山木の姿に注目することはなかった。先輩席の真ん中に座った奥山恒良の熱弁が続いていたからである。

奥山は、無罪弁護士として有名で、つい最近も再審無罪事件（富山のF事件）の主任弁護人を務めていた。

「そもそも、被告人が自白している事件でも、被告人の自白が客観的な物証と合致しているかどうかを十分検討する必要があります。先ほどお話ししたF事件の場合、最終的には、被告人の自供と被害者の傷が合致していなかったことが決め手となりました。しかも、被告人の自供と被害者の傷の状況が合わないと分った捜査官は、死体検分書に合致するよう二回も被告人調書を作り直したのです。具体的に申しますと、最初、被告人は右手に刃物を持って被害者の右頬を刺したと言っていたのですが、死体検分書では、被害者の傷は耳の後ろで、刃の刺し傷の形状から、左利きでないと向かい合った犯人がさせないという結果が出たのです。すると、その後に作成された被告人の供述調書では、『暴れている被害者を押さえつけているうち、被害者が下向きになったときがありました。そのときに私が刺したかもしれません』と変わりました。ところが、その後調べたところ、被害者の胸、腹、足の表面には、現場の土は全くついておらず、被害者が伏向きになったことがなかったという事実が判明したのです。自供内容の変遷が、ある意味無罪判決の根拠の一つとなったのは捜査官にとっては皮肉な結果でした。」と奥山は結んだ。修習生たちは尊敬のまなざしで奥山を見つめた。

「さて、ここで遅れて来られました山木弁護士をご紹介します」と進行係を務める山木の同期の木下弁護士が、話を山木に振った。

「山木弁護士は、弁護士になられて以来、熱心に国選弁護に取り組まれ、その数が年間三十件を超え、受任件数第一位に三回も輝いた実績を持っておられます。国選事件ではあまり争いのない案件が多く、もっぱら情状弁護のみのケースが多いのですが、弁護士を志望される修習生の皆さんも、このような情状弁護にどう取り組むかは避けられない課題です。山木弁護士には、争いのない事件に対し弁護人としての取り組み方をお話しいただきたいと思います」

無罪事件にはほとんど縁のない山木が修習生に話をできるのは、有罪確実な情状弁護の話しかない。木下の司会進行は的を得ていた。

山木はカバンから古い訟廷日誌を取り出した。

訟廷日誌とは、弁護士が裁判の日程を記入する日程帳であり、その日に起こった事柄や記憶をメモする欄がある。山木は付箋をつけたページを開き、以下のような話をした。

被告人の名前は、広田龍二、当時四十二歳で定職はなく、窃盗の前科が六犯あった。少年時代から非行はあり、成人してからも忍び込み窃盗を繰り返し、社会にいる期間はほとんどなかった。今回の事件は窃盗でなく、「住居侵入、強姦」という重大犯罪だったが、逮捕された状況は若干ユーモラスだった。

夜中の二時頃、大阪ミナミの古い日本旅館の客室に忍び込んだ広田は、部屋で一人寝ていた女性客に見つかり、寝間着姿に欲情し、「ヤラセロ」とセックスを強要したとして起訴されていたのだが、不思議なのはセックス後、何故か被告人と被害者は起き上がり、被害女性は被告人にお茶まで入れて一時間ほどお互いの身の上話をした上、被告人が怪しまれるといけないとして、被害者は、被告人を玄関口まで案内して送り出し、自分が旅館の玄関の鍵まで閉めていたのである。会話で親近感を覚えたのか、玄関までの見送りに感謝したのか、被告人は被害者に、翌日、再び旅館を訪ねると約束し、その約束通り、花束を持って被害者を訪ねてきた被告人は、あらかじめ被害者の通報によって待ち受けていた警察官にご用となったのであった。

山木は法廷で和姦の主張をした。いかに姦淫後とはいえ、一時間も二人でしゃべり、お茶まで入れ、捕まらないように玄関まで送る行為は、もはや加害者と被害者の関係とは言えない。セックスに合意があったとみるべきであり、セックスを拒絶する明確な意思があったとは言えないという主張である。

裁判所は結論的には強姦の事実を認めた。

夜中に忍び込んだ人間とのセックスをその場で同意することは常識的にあり得ないこと、及び被害者が、被告人としゃべったり、お茶を入れたのは被告人が怖かったので怒らせないようにと思ってしたこと、玄関まで送ったのも、暴れられないように思ってしたと証言したことが理由であった。

被告人質問で、裁判長は被告人に尋ねた。

「あなたは被害者が警察に通報するとは思わなかったのですか？」

「いえ、警察に言うだろうなと思っていました」被告人は答えた。「警察に言われると分っていて、あなたは被害者を訪ねて行ったのですか」裁判長は驚いた。

「そうです。私は被害者の女性から、小さい頃に父が再婚した継母にいじめられ、家出をし非行に走り少年院へ入ったにもかかわらず、その後心を入れ替えて真面目に生活して生きて来たことを話し、私にも『今からでもいいから悪いことは辞めなさい』と諭してくれたのです。彼女の幼いときからの生い立ちは、継母にいじめ倒され、少年時代から犯罪を犯した私とそっくりでした。その彼女から真面目になるように諭され、私は本当に真人間になろうと決心したのです。

私はこれで捕まったら、二度と悪いことはしないと決心しており、警察官の姿を見たときホッとしました」広田は答えた。判決は懲役四年だった。

判決言渡しのあと、裁判長は被告人に向かって言った。

「裁判所は、本当に行いを改めるというあなたの言葉を信じます。被害者も証言で、貴方の更生を願っていると言ってました。あなたは期待を裏切らないよう、二度とこのような場所に来るようなことの無いようにして下さい」

懲役四年という、この種の事案としては軽い判決だったが、実際はこのあと、広田と山木の新たな関係が始まるとは山木は全く予想していなかった。

山木は事件のあらましを終えると「実は、私の話はこれから始まります」と姿勢を改めてお茶を飲んだ。

判決後二か月位して、京都刑務所の広田から山木に手紙が来た。服役場所も決まり、社会に出たときに就職しやすいよう、印刷関係の仕事を希望し、技術を覚えているとのことであった。

山木は「技術が身に着けば、就職先も紹介し易い。頑張れ」と返事をした。その後一か月に一回が二回になり、月初めと月末には規則正しく広田から手紙が来たが、内容はいつも一緒。悪いことは絶対にしませんというだけだった。山木は手紙が来る度に必ず同じ内容の返事を出した。「ガンバレ」と。

三年半後に来た広田の手紙の末尾に「出所が近づいたが、出所の際に着るものがないので、先生のお古を送ってくれませんか」という依頼が書かれていた。山木はスポーツシャツと古くなった背広上下を広田に送った。

家で荷造りをする山木の姿を立って見下ろしていた妻の政子は鼻で笑った。

「バカねえ、あなた、本当に広田が改心すると思っているの。何年弁護士やってるの。刑務所にいる間だけよ。真面目にやるっていうのは。出たら又、悪いことするの決まってるわよ」

「刑務所から来た手紙をお前も読んだろう。本気でそう思わなければ、あんだけ手紙は書けんよ。弁護人を務めた僕が、その気持ちを受け止めてやれば真人間になれるさ」と山木はムキになって言った。

「まあまあ、牧師さんみたいなこと言って。せいぜい信用してあげなさい」政子はあきれ顔で皮肉った。

出所した日、広田はダブダブの山木の服を着て、事務所を訪ねて来た。
「よう、出て来たか。長いこと頑張ったな。就職先は私の知り合いの印刷会社に頼んである
で」会社の名前と電話番号を書いた地図を広田に渡すと、山木は受話器を取って広田の就職
先に電話した。
「もしもし、山木です。先日お願いしていた広田君の件ですが、今出所して私のところへ挨
拶に来ました。いつ伺わせましょうか?」「えっ、明日ですか。ハイ、分かりました」電話
を切った山木は広田に言った。
「先方は人手が欲しいそうだ。明日から働いてくれと言っている」
その後、広田から連絡もなく三か月が過ぎた頃、印刷会社の社長から、広田が他の社員と
合わずに辞めてしまったと連絡があったが、広田から山木のところには何の連絡もなかった。
一年が過ぎ、山木はある刑事事件で法廷に入ると、まだ前の事件が終わっていなかった。
傍聴席に座った山木の気配を察した前事件の被告人が後ろの傍聴席を振り向いた。山木も被
告人の顔を見た。両者は思わず「アッ」と叫んだ。被告人は広田だったのだ。
広田の被告人質問が始まったが、広田は弁護人の質問に答えることなく泣き出し、嗚咽し
ながらしゃべり始めた。
「後ろにいる山木先生には前の事件でお世話になりました。四年間、私は刑務所から、もう

二度と悪いことはしませんと毎月手紙を書きました。出所するとき、先生は服も用意してくれました。就職先も世話してもらいました。でも、私はそこを三か月で辞めてしまいました。しばらくは段ボールの回収で生活してましたが、あの世界は縄張りがあって、うまくいきませんでした。そして、今回、また盗みをやってしまいました。私を信用してくれた山木先生を私は裏切ってしまいました。山木先生、本当に申し訳ありません」広田は傍聴席の山木に向かって深く頭を下げた。

翌日、山木は拘置所の広田宛に次のような手紙を書いた。法廷で会ってびっくりしたこと、昨日の涙で広田が本当に申し訳ないと思っていることが分かったこと、今後、悪い心が起こったら昨日の法廷での涙を思い出すこと。しかし、広田からの返事はなかった。

この話を聞いた政子は「そーら、ご覧なさい、私が言った通りになったじゃない。悪いことをする奴は何回でもするわよ。反省します、二度と悪いことしませんなんて被告人のいうこと真に受けるなんて、あなた本当におめでたい弁護士ね」と山木の心の傷をえぐり倒した。その後政子は六歳の子供を連れて実家の横浜へ帰ってしまった。山木は、政子から送られて来た離婚届に判を押して送り返した。

「修習生の皆さん、こうして広田を更生させることは出来ませんでしたが、私は法廷で傍聴席の私に向かって泣いて謝った広田の姿を見ていて、ある種の満足感を覚えました。そう、広田は更生は出来なかったが、今、この瞬間、心から反省しているということを確認したのです。自分のしてきたことが間違ってなかったと、たくさん前科のある被告人をたとえ法廷での一瞬にしろ、反省させることに喜びを感じたのです。これが刑事弁護の神髄と思えたのです。」

こう言った山木は、政子の言葉を思い出した。「つまり、争いのない事案での刑事弁護人の役割は、牧師のようなものです。どんな被告人にも更生しようという意欲はある。いや、ある筈です。その気持ちを法廷に引出し、一瞬にしろ、いや、もし更生できる被告人が百人に一人だとしても、それは弁護人としてやりがいがあると思うのです。」山木の口調はあくまで冷静だった。

「どんな被告人にも、その生い立ちを分けるような出来事や、思い出があります。被告人の更生意欲を掻き立てるためには被告人の生い立ちを知る必要があります。そのためには被告人との接見を重ねることです。事件についての打合せばかりではなく、趣味や小中学校時代のこと、世間話でもいいでしょう。とにかく何十回も話をすることにより、被告人がなぜ犯罪の道に迷い込んだかが分って来ます。

そして、被告人質問で、何故被告人が道を間違えたかを本音で語らせるのです。法廷で社会に戻ったら又犯罪を起こそうと思っている人間は少数です。八割の人は、本当に更生したいと思っています。その意欲を増殖させるのが弁護人の仕事だと思います。勿論、弁護人だけが張り切っても、被告人の更生意欲が増えるわけではありません。検察官、裁判官も協力してもらわなければなりません。

広田の件では、検察官はその職務に忠実に、被告人の主張を退け、反省を求め、裁判官は被告人が逮捕を覚悟して被害者を訪れた点を『更生意欲の表れ』と評価してくれました。私は被告人の更生意欲は、裁判官、検察官、弁護人の三者の協力があって初めて効果が出るものと考えております。

先日、私が担当した裁判員裁判の事件、内容は覚せい剤の営利販売事案でしたが、被告人は覚せい剤絡みの事件が三件もあり、自らの利益のために行った犯罪で、情状を主張しようにもお手上げというケースでした。わずかに、被告人質問で、私が『今何か心配なことはないか』と尋ねたのに対し、『長期の懲役は覚悟しているが、三歳の男の子が無事に大きくなってくれるかが心配です』と答えたとき、父親としての感情が見られたことでした。私はありきたりの情状論を述べた後、以下の通りつけ加えました。

『裁判員の皆さん。本件は裁判員の方々から見れば、非常に悪質な事案であり、情状酌量の余地のない事案と思われたと思います。

被告人は、この事件を最後に、覚せい剤とはすっぱり手を切り、真面目に生活すると言っております。この被告人の更生の気持ちを後押しするために、判決後に裁判員の皆さんから、被告人に声をかけてやっていただきたいのです。』

そして、判決当日、懲役八年という主文、理由が言い渡されたあと、裁判長は『裁判員の方々から、被告人に対しての次のような言葉があります』と一枚の紙を取り出し、朗読を始めたのです。

わずか数行ではありましたが、裁判員たちは、被告人の『覚せい剤と縁を切るという言葉を信じている。子供のために頑張ってください』というものでありました。その瞬間、被告人の顔に泣き笑いのような、なんとも言えない困惑の表情が浮かびました。私は裁判員の人達の言葉が、被告人の更生意欲を刺激したと確信しました。そして裁判員の協力に感謝しました。

今の話は、私だけが思っている一人よがりの考えかも知れません。しかし、『被告人の更生意欲が見える法廷を作りたい』という私の思いは変わりません。皆さんも弁護士になったら、是非トライしてみてください。」

山木の話が終わったとき、時計の針は六時十分を過ぎていた。

「山木先生の話は一般論ではなく、分り易かったですね。最も、弁護人が何回も接見に行けるかとなると難しいとは思いますが、被告人とのコミュニケーションが大事ということは間違いありません。それではこれで本日の座談会を終わります。」木下は締めくくった。

事務所に戻った山木を迎えたえり子は、「お帰りなさい。早かったですね。今日はどんなお話をなさったのですか」と尋ねた。

「僕の持論さ。刑事弁護人は牧師説。それより、今日はステーキでも食べに行くか」

「あーら、ご機嫌ね。きっとお話、うまくいったんですね」えり子は山木に抱きついた。

©谷本亮輔

小説「湯川家具」

今から三十年以上前の八月中旬の暑い盛り、私は大阪市西区の古いお寺の境内に立って、本堂から聞こえるお経を聞いていた。長らく大阪の家具小売商を引っ張ってきた平山家具の平山会長の葬儀が行われていたのである。私と平山会長との関係は、私が湯川家具の更生管財人を務めて以来、湯川家具の更生手続では平山会長に本当にお世話になった。

昭和五十三年二月、当時大阪の三大家具店と言われた湯川家具（正式には株式会社湯川商店）が倒産、会社更生法の手続きがとられ、私は更生管財人に選任された。破産管財人は何回か経験があったが、会社更生の管財人は初めてであった。当時は倒産会社の更生（生き残り）には和議法が幅を利かせていた時代で、湯川家具のような小売を中心とする小さな会社に会社更生法が適用されるのは珍しかった。更生計画が成立するまで約二年半を要した再建手続きで、私は弁護士の仕事をほとんど諦め、家具屋の社長に徹した。通常、更生管財人には事業管財人と法律管財人がいて、事業管財人は会社運営に当り、弁護士は法律管財人として裁判所と折衝役をするのだが、湯川家具には事業管財人がおらず（なり手がいなかった）、私が事業管財人も兼務していたのである。会社経営は初めてだったが、管財人の仕事は面白かった。弁護士の仕事ではできない貴重な経験をさせてもらった。

今、机の上に「大阪地方裁判所昭和５３年（ミ）第９号会社更生事件、株式会社湯川商店更生計画案」と題した冊子がある。これを見ながら、当時私が経験した体験談をご披露する。なお、登場人物は仮名にした。

この倒産劇、最初は和議申し立てから始まったのだが、前金を払っていた一般消費者が家具の引き渡しを受けられないと社会問題となり、法律面で消費者救済のためには、手続き上和議より融通の利く会社更生手続きに切換えられたのだった。当時は、いわゆる整理屋と称する債権取立屋が幅を利かせていた時代、私が管財人に指名されたのは二つの理由があった。一つは取立屋、整理屋対策。弁護士になって十八年の私は倒産事件を数多く扱っていたが、その中にはヤクザをバックにする取立屋との交渉事が多く、当時のアンダーグラウンドの連中には一目置かれる弁護士となっていた。裁判官が直接「この破産事件、ヤクザが入り込んでいますが、的場先生やっていただけますか」とご指名の電話のあることもしばしば。湯川でも後述のように大阪中の有名どころが介入してくることが予想された。

二つ目は、湯川は倒産と同時に労働組合を結成、組合が湯川の全店の商品を管理下に置いており、その労働組合を指揮していたのが長らく総評系の労働運動をしてきた井上一郎だったこと。井上と私は、以前から同じく組合管理の倒産会社を復活させる仕事を一緒にしたことがあり、組合を率いる井上には私に頼めば何とかなるという思いがあったことから、強力に私を管財人に選任するよう裁判所に推薦したのであった。

何にでも興味のある私は二つ返事で引き受けた。


冒頭で述べたように、湯川では前金を受取りながら、商品が届いていない客の数は一七〇〇件に上っており、当時テレビのコマーシャルで流れた新婚夫婦の楽しそうに歩く姿「幸せさん、こんにちは」の広告に釣られて婚礼セットを購入したが、未届けのケースが二〇〇件近くあった。連日放送される被害者救済の声に私の最初の仕事は顧客である債権者への説明会だった。

説明会の日程が決まった管財人就任後二日目、当時の大家商（大阪家具商業組合）の理事長だった大手家具小売店平山家具の平山会長が、副理事長二人を連れて私の事務所を訪ねて来た。平山会長は座るなり切り出した。

「先生にお願いが二つあります。ひとつは既に契約している商品をお客にちゃんと届けてもらうこと。もう一つは商品を投げ売りしないこと。契約した商品をお客に届けて欲しい。というのも、もし、湯川さんが倒産して商品が届かなかったら、我々小売業者への信用がなくなって、商売ができまへん。小売業者全体の信用を維持するために、商品は必ず届けていただきたいのです。もう一つ、今、湯川さんには在庫商品が六億あると言われております。それが全部投げ売りされたら、我々小売業者の商品は売れなくなります。まあ、閉めるお店の在庫整理はしゃーないけど、全店舗の商品を投げ売りするのはやめておくんなはれ。そのためには、湯川さんが破産せんように頑張ってもらわなあきまへん。我々も及ばずながら湯川さんの再建には協力させてもらいます。よろしくお願いします。」

受任後約一週間後の午後、当時の大阪弁護士会館六階の大会議場で行われた債権者への説明会は、大阪中の取立屋と家具の引き渡しを求めおばちゃんで超満員。会議冒頭、倒産の経過と現在の店舗の状況（労働組合管理され、商品は確保されていること）を説明したが、その間も「私らの家具はどないなるねん」と黄色い声が上がった。これに呼応するかのように取立屋のドスの利いた声が聞こえた。

「あんたら、あんたらの商品言うても高々百万程やろ。ワシらは一千万以上損してんや。管財人早う払ろてんか」

その声が終わらないうちに、発言者の前に座っていたでっぷりと貫禄のあるおばちゃんが後を振り向いて怒鳴り返した。

「あんたら商品でしっかり儲けた後の残りやないか。私ら、娘の嫁入り道具は一生のうち一回だけや。そんな大事な話、商売の話と一緒にせんといて。あんたら出て行け」

その声に続いて会場は「出て行け、出て行け」の大合唱となり、三十人程紛れ込んでいた取立屋は逃げ出すようにコソコソと退散した。結局、前金を貰っていた商品は全てお客に引き渡すこと、商品がない場合は同一価格の商品を引き渡すという結論に、ほとんどの参加者は納得して帰ったが、大阪のおばちゃんの逞しさに改めて感心させられた。


顧客説明会の後は、債権者廻りだった。湯川の取引先は九州鹿児島から北海道上川地区まで全国各地にあった。最初に行った九州でこんなことがあった。


ひと通りの倒産経過の説明をしたあと、「ご質問はありませんか」と言う私に向かって一人の債権者が立ち上がって言った。

「あんたなあ、管財人か何か知らんけど、こんだけ人に迷惑かけといて、申し訳ないと言葉だけで済ますんか。ワシら生活かかってるんやぞ。湯川のために従業員の給料も出されへん」

だんだん声が大きくなり、

「謝れ、土下座して謝れ、土下座せいっ」

と怒鳴り出した。私は即座に床に手をついて頭を下げた。

「本当にご迷惑をおかけしました」

　そして立ち上がると言った。

「今のは元経営者の湯川さんの代わりに謝らせてもらいました。これからは更生管財人としての言葉です。管財人としてもご迷惑をおかけしたことは重々謝ります。しかし、湯川の再建はあなた方のプラスになると信じています。私の話を聞いてご協力をお願いします。」

　いきなり土下座をしたことでびっくりしたのか、その債権者は少しばつの悪そうな顔をして立ち去った。


　倒産の多かったこの頃、特に小さな家具店は倒産の嵐。倒産した家具屋に乗り込んで安値で買取り「倒産店仕舞いセール」とのぼり旗を立てる、いわゆるバッタ屋があちこちに出現していた。そんな時、従業員の一人が息せき切って駆け込んできた。

「大変です。西宮の国道沿いで『湯川家具倒産品超特価中』と書いて、家具を売っています」

　私は従業員の案内で現場へ向かった。やってますやってます。縦五米、横一米大ののぼりに大きく朱書きした「倒産湯川家具の大処分市、絶対安い！」の立て看板。倉庫には家具が所狭しと並べている。中で動いている販売員の一人の顔に私は見覚えがあった。そう、当時西成で最大の勢力を誇っていた山口組の暴力団溝口組の企業舎弟の大山だ。私は溝口組の若い者の刑事事件を十件以上弁護したことがあり、この大山とは顔見知りだった。

「何や、あんたか。こんなことしたら詐欺になるの分ってるんやろなあ。今から三十分以内に看板下ろして、店仕舞いしたら告訴せんといたる。三十分以内やぞ」

私の剣幕にびっくりした大山は販売員たちに「あかん！　店仕舞いや」と命令した。企業舎弟の詐欺販売はあっけなく終わった。

もうひとつヤクザ絡みの事件があった。湯川商店の社長の湯川さんは、真面目な経営者で、仕入れ先に迷惑をかけたことに心を痛め、個人の全財産を更生手続で提供することを申し出てくれていた。しかし、倒産間際に、頼まれた手形に個人で裏書をしたものが市中に出回り、ヤクザ系取立屋の厳しい取り立てにあっていた。たまりかねて、湯川社長個人の代理人の弁護士から、取立屋との交渉をして欲しいという頼みが来た。ヤクザに強いと評判の私を見込んでのことだった。しかしいくらヤクザに強いと言っても、素手でヤクザに物が言えるわけがない。それなりの手土産が必要だ。その話をすると社長の親族が集まって五百万円を作り、それで解決したいとの返事だった。取立屋の中に、のちに山口組直系組長となった浅田の名前があった。当時は確か将軍会という組の幹部だったと思うが、私はこの浅田と顔見知りだった。十年前、私がある建設機械販売会社の倒産事件で、債権者が会社の土地建物を占有していると聞き、現場に出向くと、会社の事務机の上に布団を敷いて寝ている二人の若い男がいたが、そのうちの一人が浅田だった、入っていった私に、「何やんねん」と気色ばんで浅田は言った。

「あんたらか、会社の用心棒してくれてるのは、私がこの事件の担当弁護士やけど、破産手続するまでもう少し時間がかかるねん。もうちょっとあんたらが留守番して頑張っとってな」

「出て行け」と言われると思っていたのか、逆に「留守番しててくれ」と言われて浅田は苦笑して言った。

「分かりました」

それ以来、浅田は私に時々法律相談をするようになった。私は浅田に電話をした。

「湯川社長個人に追い込みをかけている取立屋を全部集めて欲しい。そこで私に話をさせてくれ。但し、私は会社の管財人やから、湯川社長個人の代理人ではなく、あくまで仲裁人として話をするだけやと思って欲しい。」

その日が来た。貸会議室は約五十人の異様な風体の面々で埋まった。座長・浅田は私を紹介し、約束通り、私が仲裁人として入る立場だと強調してくれた。私は湯川社長個人の財産は全て会社に提供されており、個人としての財産は残っていないこと、しかし社長の親族が、個人への追及を治めてくれるのであれば五百万円を提供すると淡々と話した。五百万円という金額を聞いて、一斉にブーイングが起こった。「なんやて、五百万!」「この人数で分けたら十万円やぞ!」「今日の交通費だけかい」「人を馬鹿にすんな」など、声が静まるのを待って、私は再び口を開いた。

「大阪の一流の人たちが集まっているのに、五百万で話をつけるなんて、私も無理やと判ってます。しかし、最初に話をしたように、今の私は湯川社長個人の代理人とは違います。もし、私が間に入って、話が出来たらと思って仲裁役としてきただけです。私の話はなかったことにして下さい。」

と、席を立ちかけた。慌てて浅田は私を引き留めた。

「まあ、そんな気の短いことを言わんと」

「みんな、今聞いたように、的場先生は間に入ってくれた仲裁人や。湯川社長の個人資産は何もあらへんし、社長の親戚かてそんなぎょうさんな金出されへんやろ。ここは先生のいうこと聞いて、五百万で手を打とうやないか。なあ、ええやろ」

浅田の発言に債権者たちは不満そうなブツブツ声はあったが、全員が賛成。ここで手打ちとなった。私は心の中で浅田に感謝した。

倒産時、湯川商店は近畿に十三店舗あったが、自社物件が三店舗。残りは賃借店舗だった。

それらのうち、自社物件二軒と豊中市の庄内にあった借店舗の三軒を残して、その他の店舗を店仕舞いすることになった。一銭のお金もなく、倒産後も会社に残った七十五人の給料も支払えず、商品を現金化する必要があったのである。

店仕舞いセールをやるのには宣伝をする必要があるが、チラシを作る金もない。私は一計を案じた。

当時、今の個人情報制度からは信じられないことだが、裁判所の裁判官、書記官、検察官、検察事務官ら司法に携わる職員の自宅住所まで掲載された名簿があり、弁護士でもこの職員録を買うことができた。私はその中から、閉店予定の店舗周辺に住所がある裁判所、検察関係者へダイレクトメールを送ったのである。内容は以下のようなものだった。

「前略、突然このようなご案内を差し上げる失礼をお許しください。私は本年二月、更生会社湯川商店の更生管財人に選任された弁護士です。湯川商店は家具の販売の会社ですが、更生手続きを進めるに当り、不採算の店舗を閉めることとなり、来る○月○日から三日間、あなたのお住いの近くの○○店で在庫の一斉処分をすることになりました。閉店セールですので、お値段はとてもお安くなっております。ぜひ、ご来店いただきたく、司法関係者の皆様に、このご案内を差し上げております。初めての更生管財人で商売に疎い私は、事業管財人も兼務しておりますが、悪戦苦闘しております。同じ司法関係者としてご協力の程、よろしくお願いいたします。なお、当日午後一時より五時までは、私は○店で接客をしております。

店員にお声をかけていただければ、その場へ参上いたします。」

ダイレクトメールの効果は結構あり、各店舗で顔見知りの裁判官や書記官に声をかけられた。


十店舗の閉店セールが終わり、在庫が現金化され、従業員の給料も支払えたが、次は仕入れが大変だった。従来の仕入先は、これ以上債権が増えるのはゴメンと仕入れ注文に応じてくれない。困っているとき、大家商の平山会長が私に電話をくれ、

「先生、仕入れで難儀してますやろ。私が仕入先との会合セットしますわ。」

ミナミの料亭で、仕入先三十社くらいを呼んで、宴会を開いてくれたのである。（費用は平山会長が個人で負担してくれた）席上、平山会長は、仕入先に私を紹介した後、

「皆さん、大家商としても湯川さんに立ち直ってもらわなければなりません。湯川さんが潰れたら、私ら小売商も商売でけへんようになります。よろしくお願いします。」

と、援護射撃をしてくれた。

続いて私は、今後の取引については月末締め、翌月十日現金払いでお願いしたいと、取引条件を提示し、

「実はチタモクさんには既にご了解をいただいており、取引を開始しております。」と付け加えた。チタモクとは、知多木工という日本有数の洋家具メーカーで、支払の確実な相手で

ないと取引をしないことで有名であった。私はこの宴席の前にチタモクの経理部長と営業部長と会い、取引の交渉をしていた。さすが大会社の部長さんらの交渉は、手強かった。二人は私に、管財人が個人保証をするという条件を突きつけたのである。当時の状況から、裁判所が法律管財人も兼ねる弁護士に個人保証をさせることを許可しないということであったが、私は決心した。

「分かりました。裁判所には内緒で私が保証しましょう。但し、保証限度は五百万にして下さい。それと他の仕入先には個人保証の件は、絶対に言わないでください」

宴会の席で、私の発言後、仕入れ先の担当者は一斉にチタモクの席に駆け寄り、湯川との取引内容について確認した。二人の部長は私との約束は守ってくれた。かくして湯川の再建の第一歩は始まったのである。

消防法違反も犯した。再建に当り、残した三店舗のうち、豊中店は元々倉庫として建てた建物で、湯川社長個人の名義の土地が含まれており、更生計画の案としては、この豊中店は三年以内に売却する予定であった。もともと店舗としての構造になっていないこの建物は、消防法上、違反となる事項が検査の都度指摘されていた。階段とか通路の整備は適法化することが出来たが、問題はスプリンクラーだった。およそ二千万円はかかる上、三年先には売却する予定の建物に金はかけられない。最初のうちは「早くして下さい」という穏やかな通告が、回を追う毎に厳しくなり、ついに日付を切られ、もし、この日までに設置できなければ営業停止処分にすると通告されたのが、売却予定六か月前だった。私は消防署へ出向いた。

「実は、裁判所にスプリンクラーの件は報告しており、設置許可の申請もしておりますが、裁判所からまだ許可が下りないのです。」

と嘘をついた。スプリンクラーなど、はなから設置するつもりはなく、裁判所にはそんな報告は一切していなかったのである。私は続けた。

「予算とか具体的な設置業者との交渉もあり、あと六か月だけ時間をください。その代わり、私が消防署に一筆入れます。もし、六か月後に設置できないときは営業を中止いたします。」

と用意した誓約書を差し出した。責任者は、困った顔をしながらも、何とか営業停止処分は六か月後ということになった。

宣伝、広告について

これは更生計画案が作成されてから後ではあるが、当時私は大阪弁護士会の広報委員をしており、毎日放送のラジオ番組「ありがとう浜村淳です」の法律相談コーナーの回答を担当していた。番組のディレクターが大学の後輩であったことから、湯川家具の宣伝のため、商品提供を行ったのである。放送局は毎年2回、聴取者の調査を行う時期（約一週間）に聴取者向けのプレゼントを用意して、視聴率を競うのであるが、そのプレゼント商品を放送局に提供して「湯川」の名前を連呼してもらうのである。「この商品提供は『湯川家具』です」と浜村さんが言ってくれるだけで、湯川の信用の回復に効果があったと思っている。

当時「大店舗法」という法律で、売り場面積が一定以上ある小売業者は、売り場面積を拡げる際、商工会議所が間に入り、近隣の小企業の業者らに説明し、小企業の了解を得てからでないと売り場面積を拡げることができなかった。湯川家具の堺店は自社所有物件で、倒産後、他のテナントが撤退して空き室になった部分を店舗として利用したかったが、この大店舗法の制度で他の小売業者の了解がなかなか得られなかった。ある日、店を見に行ったら、空きスペースに家具を並べている店員がいる。「ここ、店舗にしたらあかんのと違う」と私が言うと、その店員はニヤリと笑って、指をさした。正式の売り場と倉庫の間にはカーテンがあり（カーテンは開いていた）、そのカーテンの下部の見えにくいところに、「これより先は倉庫です。お客様は入場ご遠慮ください」という小さな張り紙。「これ、お客さんの見えにくいところに貼ってますねん。」私はそのアイディアにびっくり。勿論、大阪の商売人の面目を尊重した。

お坊さんの読経は終りに近づいている。私は改めて境内に向かって手を合わせた。

「平山会長、本当にありがとうございました。」

追記

湯川家具の更生計画は、一般債権者の債権額の八割をカット、二割を十年間で支払うという債権者にとって厳しい案だったが、反対は一人もなく承認され、最後の返済を一年繰り上げてすることができた。私の任務は無事終了。倒産直後、三か月間、無給で働いてくれた七十五人の従業員の努力に大感謝。三十年が過ぎた今、湯川家具は元気に頑張っている。

徒然草エッセイ大賞作品

「旅立ちの唄」

昭和の流行歌に「並木の雨」という歌がある。

「並木の路に　　雨が降る
どこの人やら　　傘さして
帰る姿の　　　　なつかしや」

七五調の短い歌詞で、曲も単調な抑揚の少ない、すぐに覚えられる歌である。作詞高橋掬太郎、作曲池田不二男、唄コロンビアローズ、昭和九年にレコードが発売された。コロンビアローズは後の松原操、霧島昇の奥さんである。

九六歳で亡くなった私の母はこの歌が大好きで、料理や掃除をしながら、いつもこの歌を唄っていた。

竹代さん（私は晩年の母を名前で呼んでいた）は、和歌山の高等女学校を卒業してすぐに見合いをし、一度だけしか会っていない父のいた満州（中国東北地方）の奉天（現瀋陽）へ一人で嫁入りした。昔はそんなこともよくあったのかもしれないが、今なら考えられないような話である。

父は当時、「満鉄」という日本の国策鉄道会社に勤めており、日本人ばかりが暮らす社宅があり、給料もよかったから生活に不安は無かっただろうが、親戚も知人もいない異国の地で、竹代さんはさぞ心細かっただろう。

奉天にはあちこちにポプラ並木があって、都市計画で造られた街で、道路も広かった。竹代さんはこの街路樹のある道を眺めながら「並木の雨」を聞いて、気に入っていたのではないかと私は思っている。

この歌の二番は次のような歌詞である。

「並木の路は　遠い路
　いつか別れた　あの人の
　帰り来る日は　いつであろ」

ひょっとして、竹代さんには結婚する前に好きな人がいたのでは、と思わせるような歌詞である。

竹代さんは生来明るい性格で、何事が起こっても自分の置かれた立場を肯定し、プラス思考の人だった。例えば、階段から落ちて足を骨折しても、「あ、、死ななくてよかった。足くらいでよかった」と言うのである。

終戦直前に父が応召されて行方不明になり、戦後一年間、私と姉の二人の子供を抱え、ピーナツ売りをしたり、今までしたことがない社交ダンスを習い、キャバレーのダンサーをして生活費を稼いでくれた。

昭和二一年に和歌山に引き揚げて来た私達に続き、父も無事に帰ってきて親子四人で暮らすようになったが、父が祖父から貰っていた一軒家が広かったので、旅館を始めた。広いといっても客室は六室しかなく、戦後のことで同業者も少なく、一泊二食付三百円という低価格作戦が功を奏し、連日満員だった。

ある日、玄関に入墨をしたヤクザ二人がなだれ込んで来た。逃げ込んで来た方は顔から血を流し、追いかけて来た方は抜き身の日本刀を手にしている。物音に驚いた竹代さん、その光景を見たとたん、「あんたら、人の家の中で喧嘩すんな！　するんやったら表でせぇ！」と大音声で怒鳴りつけた。

その瞬間、日本刀男はあっけに取られたような顔をして竹代さんの形相を見て、すごすごと表へ出て行き、続いて逃げ込み男も出て行った。ヤクザも怖がる竹代さん面目躍如。

気の強い頑張り屋の竹代さんは九二歳まで一人暮らしをしていたが、火元を心配する姉が引き取り、亡くなるまで一緒に暮らした。亡くなった時の死亡診断書に「老衰」と書かれる幸せな死に方だった。用心のいい人で、近所の葬儀屋に積み立ての掛金をしており、その葬儀屋で通夜と葬式をすることに。

「人様に迷惑かけるから、死んだこと、誰にも言わんといて」という遺言に従い、近親者だけの密葬となったが、通夜の晩、姉は翌日の葬儀の準備があるからと帰ってしまい、私一人が葬儀屋の大広間に、竹代さんのお棺のそばで寝ることになった。

　夜が更けて、辺りがしーんと静かな中、一人で竹代さんの番をしていた私は、何だか怖くなってきた。当日、夜はすることもないだろうと六十歳から始めたウクレレを持参していたので、怖さを紛らわすため、私はウクレレを取り出した。その時、ふと私は竹代さんの大好きだった「並木の雨」を思い出した。

「これだ！」私は竹代さんの棺の顔の部分を開けた。竹代さんは静かに眠っている。

「竹代さーん、並木の雨、唄うで。一緒に唄おう。なみきーのぉみーちぃーにー　あめがぁふーる…」私はウクレレを弾きながら唄い出した。

　「並木の路に　　雨が降る
　　どこか似ている　人故に
　　後姿の　　なつかしや」

三番まで唄い終わり、改めて棺の中の竹代さんの顔を見た。竹代さんは嬉しそうに笑っていた。「一番いい贈り物をありがとう。」

　竹代さんの声が聞こえた。

「つながり」

「つながり」という言葉には「連帯感」という響がある。親子、兄弟などの血のつながりは血が近い程結びつきが強いが、遠いご先祖が一緒だというだけでも親近感を覚える。

　同窓つながりもよく見られる。何十年と歳は離れていても、同じ高校、大学というだけで昔からの知り合いのような安心感がある。大会社などでは、同じ大学出身の集まりは珍しくなく、出世コースは学閥という会社も。

　同窓ほどではないが、同郷つながりも多い。東京、大阪など大都会出身者はあまり群れることはないが、地方出身者の同郷つながりはよく見かける。いわく、鹿児島県人会、青森県人会など。私は和歌山出身だが、電車の中で和歌山弁でしゃべっているのを聞くと、「あんたら、ワカヤマかえ」と会話に入りたくなる。同郷の人同士で、出身地で通った食べ物屋が一緒だと、話は一段と盛り上がる。

　外国で一人歩きをしているとき、同じく一人歩きをしている日本人に会うと嬉しくなる。知らぬ外国の地で何となく心細いと思っているとき、日本語がしゃべれるという嬉しさもあって、ついおしゃべりをしてしまう。

以上、いずれも自己と同じ共通項を持つ同志が、お互いを理解し、共通の興味を持って連帯する「つながり」は世間で有用な存在だ。

趣味が同じの釣り仲間、ゴルフ仲間、飲み仲間も、つながりの一種だし、最近では「ママ友」なんて「つながり」もよく話題になる。いずれもいい意味でのつながりである。

一方、悪のつながりも年々増えてきた。先日、工藤会の組長が死刑判決を受けて話題になったが、暴力団は悪のつながりの代表だろう。オレオレ詐欺集団も組織的になり、電話のかけ子、預金引き出しの出し子など役割分担が決まっている「悪のつながり」と言える。

私が一番気になる「つながり」は宗教である。日本では、幸か不幸か、宗教によるつながりはそれほど強くなく、宗教同士のトラブルはほとんどない。しかし、オウムのような人殺し集団の宗教が発生し、加入、脱退について問題のある宗教も時折話題になるが、一般市民が宗教というつながりから生命を脅かされることはない。だが、目を外国に向けると、中東のあたりでは宗教というつながり故に、殺し合いが今でも続いている。また、タリバンの女性差別の教義は世界中が非難してもなかなか改められそうにない。宗教というのは、人が幸せになるための法を説く「つながり」である筈。なのに、他宗派の存在を許さず、古い掟を守らせるための暴力を肯定する法理はどこから出て来るのだろう。

全世界の人が幸せに生きるための「つながり」を世界中に広めたいものである。

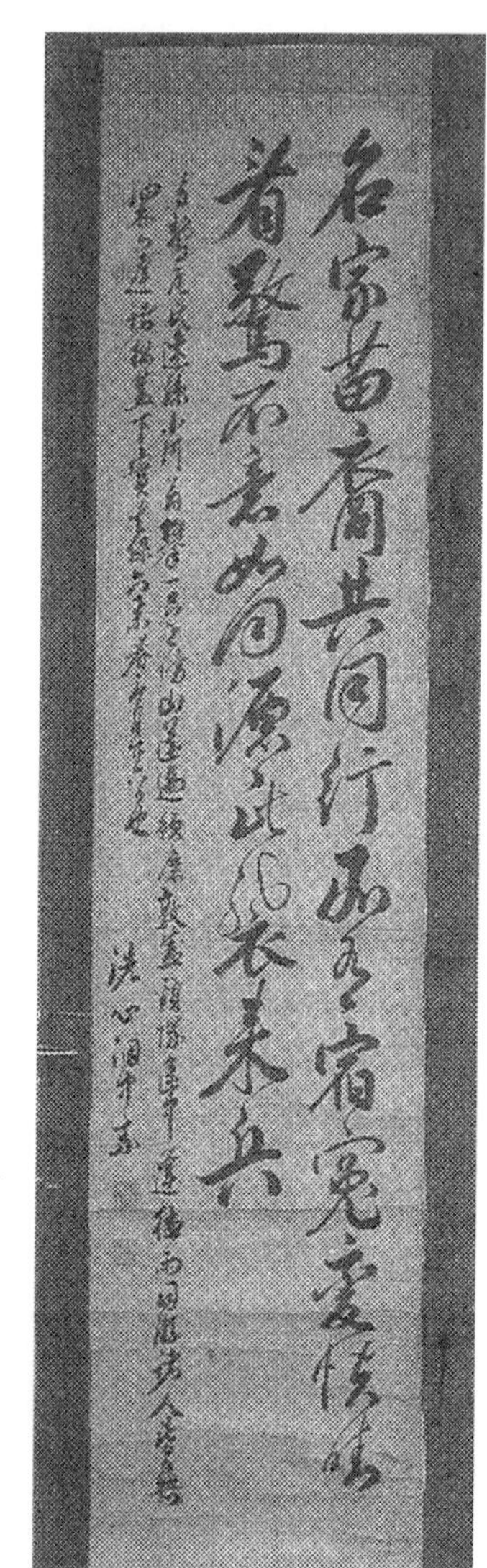

本物？　ニセモノ？
末尾に「洗心洞中斉」の号が読みとれる

ニセモノ騒動記

今年の五月、親戚の形見分けとして古い掛軸を二本貰った。どちらも中身は漢詩のようなものが書かれていたが、一本は比較的新しく、もう一本は表装の布地がぼろぼろで、「詩」の部分の一番下の字がはがれてなくなっており、かなりの年代物の感じであった。何が書かれているのか分らないままでしばらく放っておいたが、ふと同じビルの住人で書画については高い見識をもっておられるF先生を思い出し、厚かましく鑑定をお願いした。

F先生は新しい方の軸を二、三字見える程度にひろげたとたんに、「これは頼山陽だな。」といわれた。がつづいてすぐ「山陽はニセモノがとても多くて、私が昔検事をしていたとき、山陽のニセモノを専門に作って売った男の取調べをしたことがある。」という話をされ、「私はこの軸が本物かニセモノかは鑑定できないが、あまりそんなことはせんさくせずに自宅に掛けて楽しんでいればいいでしょう。」と結論的にはニセモノの判決を下した。

続いてほころびかけた方の軸を広げてしばらく見たあと、末尾の「洗心洞中斉」という名は幕末に乱を起して有名な大塩平八郎の号であり、自分は大塩の字はよく知らないが、紙の質も古いし大塩のニセモノというのはあまり聞いたことがないから本物でしょうと教えてくれた。

この掛軸の字は非常に流麗で、勉強不足の私にはほとんど判読できなかったが、どうにか現代の字に直すと以下のようであった。

「詩」は、

「名家苗裔共同行雨野宿冤変怯晴〇者驚不意如同源氏襲来兵」とあり、この後書として「余鷲尾氏遠孫小河着一只と傍山逢過須磨敦盛頌塚途中逢猛雨月瀬諸人皆無油衣勿遅諸松蓋下実天保六年春三月二八日也」「洗心洞中斉」（〇印は欠字）と読めた。F先生の判読では、大塩平八郎が須磨のあたりで敦盛の塚へ行く途中、大雨に遭ったときのことを書いたものであろうということであった。大塩の人となりについては全く知識はないが、平八郎が天保の飢饉の際、庶民を助けるために乱を起した人物であるという反権力闘争精神に共感を覚えていた私は、この掛軸が大塩自らの手によるものであると思うとうれしくてたまらず、以後本屋に寄るたびに大塩平八郎に関する事項を立ち読みした。

資料によると大塩平八郎は寛政五年（一七九三年）生れで、父と同じく大阪天満の与力となったが、三八才で隠居し養子の格之助がこれをついだ。正式の妻はなかったようだが、ゆうという女性がいた。身長五尺五、六寸、やせ型、色白く、かんしゃく持ちであったという。若いころから結核で苦しみ、あまり丈夫なたちではなかった。

陽明学者としても有名で、隠居してから後天保四年、『洗心洞箚記』という本を書き陽明学を門弟に教えた。天保四年以降続いた飢饉に際しては、大阪の米を江戸へ送ろうとする大阪町奉行の政策に反対し、米不足に乗じて不当な利をはかる豪商のやり方を非難して直訴をしたが、これが容れられないので門弟を集めて大阪の富豪の家の焼打ちをはかった。しかし門弟の一人が裏切ったため、事は事前に発覚し、やむなく準備のないまま旗挙げをしたため一日で乱はおさめられ、平八郎親子は一時隠れていたが約一月後に隠れ家を襲われ自殺した。

このような資料あさりをしているとき、ある新聞に今年十月、大阪市立博物館で大塩平八郎の特別展をやるという記事が出た。大塩カブレとなっていた私は早速博物館に電話をして、「大塩の掛軸をもっているが、一度見てもらえないか」と問合せたところ、快諾を得たので雨の中を博物館にとんで行った。

係の二七、八才にしか見えない若い博物館の職員は「学芸部員」という肩書の名刺を出した後、掛軸をひろげて二、三分黙って見ていたが、あっさりと「駄目ですねこれは」と投げ棄てるようにいった。「これは立派なものだ。是非特別展に出品させてほしい」という答えを期待していた私は、唖然として声が出ずに黙っていると、学芸部員氏はこちらが聞こえなかったと思ったのか「これは大塩さんの字とは違います」と、とどめを刺した。

ようやく気をとりなおして、私はどのような根拠でニセモノと判断したのかと聞いた。学芸部員氏は、(1)大塩の字は端々に力があり、曲げたり、はねたりするところが角ばっていること（そういえば私の所有掛軸は字にまる味があり、女性の字のようなやさしさが見られる）。

⑵全体的に字に力がない。⑶大塩は非常によい墨を使っており、墨の色が黒いのが特徴であるが、この軸の字は墨が非常に薄い。⑷大塩は「洗心洞」、「中斉」という号はそれぞれ使用しているが、いずれか一方だけを使用するのが常で、この二つの号を同時に書いた例はない。⑸落款が異なっている。等々静かな口調で私を説得した。がっくりして反論するすべもなく黙っている私の顔を見て、学芸部員氏は気の毒になったのか、「まあこの後書きの字は非常によく似ています。私も今回の特別展のために五十点余り大塩の字を見ていますのではっきり申し上げたのですが、その前に見ていたら本物かどうか分りませんね」と気休めをいった後、「今度の特別展は今申し上げたことを確認していただくためにも是非おいで下さい。入口で私の名前をおっしゃっていただけばお金を払われなくても入場していただけますから」と自分の判定の冷酷さを入場料でカバーしようというあたたかい心づかいを示してくれた。

失意落胆して雨にぬれながら帰った私は、どう考えてもこの「大塩」がニセモノという判定には承服しかねた。しかしいやしくも市立博物館という権威ある場所につとめる公務員の判定を打破るには、私はあまりにも無力であった。

悶悶として過した或る日、私はふと筆跡を見て運勢を占うというインチキな看板をあげて、これを生業としている友人のことを思い出した。こうなったら少々インチキな男のいうことにしろ、何か気休めになる言葉が聞けるかも知れないと思い彼を訪ねることにした。「小月守之進」という旗本のような名前のその友人は、浅黒い漁師のような顔から白い歯を出して笑い、私の持参した手土産のウイスキーを横目でにらみながら「お前がおれに占ってくれとはめずらしいこともあるもんやな」といった。私の話を一部始終聞いて、彼はうなずきながら「このごろはな、おれは精神を集中して字を凝視するとその字の書かれた状態が目に浮かんでくるという超能力が備わったんや。本物かニセモノかなんか見分けるのはボロクソや」と、およそ教祖らしからぬ下品な言葉で安請けあいをした。そして「ちょっとその軸を貸せ。しばらく静かにしとれよ」といって掛軸を持って、奥の彼の仕事場と称する神棚をまつった部屋へ入って行った。約三十分程度待たされ、再び私のいる部屋に戻ってきた彼は、「分った分った。この掛軸は本物だ。間違いない。大塩が書いたものだ」と私の肩をたたき、次のような話をしてくれた。

天保六年三月、大塩平八郎は静養のため門弟も連れずに一人で須磨付近の宿に泊り、読書をしたり、詩を作ったりして日を過したことがあった。三月二八日、天候もよいので平八郎は久しぶりに散歩に出て、近くにあるという平敦盛の塚へ行って見ようと宿を出た。

小半刻も歩くうちに急にあたりが薄暗くなり、みるみるうちに厚い雲が空をおおって大つぶの雨が降ってきた。傘の用意もない平八郎はどこか雨やどりをするところがないかとさがしたが、あいにく田んぼの真ん中で、はるか向うに一軒の家が見えるだけであった。平八郎はずぶぬれになりながらその家に駆け込んだ。中から十八ぐらいの上品な娘が出てきたので、雨やどりをさせてほしいと申し入れると娘は心よく承諾し、すぐにすすぎの水をもって来てくれ、上へあがって着がえをしてはどうですかとすすめた。全身ぬれねずみとなっていた平八郎は、走った疲れもあったのでいわれるままに座敷にあがり、娘が粗末なものですがと差し出してくれた着物に着かえた。ほっと落ち着いた頃、この家の主人と思われる五十位の人品いやしからぬ男があいさつに出てきた。男は平八郎の顔を見るなり、「これは大塩先生ではございませんか」といった。

いきなり名前を呼ばれて平八郎はびっくりしたが、主人のいうのには「自分は小河一只という者で、先祖は鷲尾家といって代々学者の家柄である。仕官はしたことがないが学問が好きで、過日大阪へ出たときに大塩の高弟白井孝右衛門から洗心洞箚記の講義を受け、その折平八郎の姿を遠くから見かけた。平八郎のような偉い学者に会えることができて本望である。これも何かの縁であるから是非一泊していってほしい」とのことであった。平八郎は着物が乾くまでどうせ待たねばならず、急いだ用事もないのですすめられるままに世話になることにした。小河は女房に早く死なれて娘と二人暮しだといったが、娘は手慣れた様子で料理の仕度をして酒を運んできた。

小河なる人物は、独学とはいえなかなかの博識で話をしているうちに平八郎も大いに意気投合し、いつもより盃を重ねた。夜も大分更けて平八郎は離れ座敷に案内され、用意された布団に横になった。

どのくらい眠ったのか分らないが、うとうととしてふと平八郎は人の気配がするのに気付いて目をさました。枕もとに人影があり、よく見ると先程の娘がうつ向いて坐っている。平八郎は驚いて半身を起こし、「いかがなされたか」とたずねた。娘はしばらく黙っていたが恥ずかしそうに消え入りそうな声で「先生をおなぐさめしたいと思いまして……」といった。平八郎は二度びっくりしてまださめていない酔眼をこらしてみると、娘は丸顔で目鼻立ちのはっきりした聡明そうな顔をしており、既に薄い長襦袢に腰ひもだけという姿である。平八郎の胸は少し騒いだがどうにか理性をとり戻し、何故そのようなことをいうのかたずねると、娘は「父はかねがねこの小河家には男の子がないのが残念だ。お前に養子をとればいいのだがこのような田舎に住んでいては、学問をやるような者が婿にきてくれることもあるまい。先祖が集めてくれた沢山の本も学問も継ぐ者が家にいないのは惜しいことだ、と口ぐせのようにいっております。私も女だてらに一応父から学問を教えられましたがとても自分のものとすることはできません。今日大塩先生にお会いして話をしている父を見て、父は本当に先生を尊敬していることが分りました。女の身の私には父の希望である小河家の学問を継ぐことはできませんが、もし先生の子供を生むことが――できればそれが男の子であれば――父の望みをかなえることができると思い、恥ずかしいのを忍んでこうして参りました。勿論父にも相談しましたところ、父も大喜びで、大塩先生に粗相のないようとのことでございました」といった。

娘の話を聞きながらその美しいうなじ、撫でやかな肩の線、ふくよかな腰のあたりを見ているうちに、平八郎はこの娘と結ばれることが本当に神の導きであるような気がしてきた。そして思わず娘の手の上に手を重ねた。娘はそれを待っていたかのように平八郎のそばにすべり込み、目を閉じて上を向いたまま平八郎の次の行為を待った。平八郎はゆっくり娘の腰ひもに手をかけた。そして長襦袢をひらいた。障子越しに洩れる月の光の中に、若い弾力に富んだ白桃のような肌があらわれた。平八郎は静かにその上に身を重ねていった。一夜明けて平八郎が目覚めたとき、娘は既にそばにいなかった。酔もすっかりさめた平八郎が少しばつの悪い思いをして庭に出ると、この家の主人がにこやかに声をかけた。「先生、御気分はいかがでございますか」平八郎は「いやいや……」とわけのわからない返事をした。

朝食が終って平八郎が礼をいっていとまを乞うと、主人は「いやいや、私の方こそ大塩先生にお泊りいただきまことに光栄です。その上、娘の無理なお願いまでお聞きとどけいただき申し上げる言葉もございません」といった後「先生、もう一つだけお願いがあるのですがお聞きとどけいただけませんか」と頭を下げた。「願いとは何でしょうか。私にできることなら何なりといわれるがよい」と平八郎がいうと、主人は「できれば先生、一筆掛軸にするようなものをお書き下さいませんか。我家の家宝として末長く保存しておきたいと存じますので……」とつけ加えた。十分な礼ができずに気のひけていた平八郎は心よく引受けた。

すぐに娘が紙と墨と筆を用意した。硯に墨をすって紙に向かった平八郎は、ふと大阪の家に残してきた「ゆう」の顔を思い出した。ゆうは正妻ではないが、平八郎の身のまわりのことから門弟のめんどうまで一切をとりしきっており、非常によく出来た女であった。しかしそのやきもちだけはものすごく、かんしゃく持ちで人に気を使うことのない平八郎にとって、唯一の苦手な人物であった。次の瞬間、平八郎の胸に、この娘が子供を連れて平八郎に逢いに来るのではないかという恐怖感が横切った。この書が自分と娘との関係を裏付ける御墨付になるのではないかという心配である。

しかし一旦引受けた以上、今更断るわけにはいかなかった。平八郎は目をつぶって深呼吸をした。そのとき平八郎に妙案が浮んだ。それはなるべく平八郎らしからぬ字を書くことである。仮に娘がこの書を持参しても、一見して大塩の字でないと分れば誰も平八郎と娘の関係を信じないだろう。大塩平八郎の名をかたった別の男の書いたものだということになる。そう思うと平八郎はとたんに気楽になった。一枚の紙に彼は一気に書き始めた。「名家苗裔……」なるべく字の角をまるくして、平八郎の特徴である力強さが出ないように。後書きが終って署名をするときに、平八郎は「洗心洞中斉」と書いた。普通平八郎は「洗心洞」と「中斉」という二つの号を同時に使うことはなかったが、ニセモノと見せかけるために両方使うことにしたのである。落款もその家にあった杉の板で即席にこしらえたものを押した。このようにして書いた書を残して、平八郎は小河家を後にした。その翌年一月、小河家には女の子が生れ、小河家の学問は誰も継ぐことができなかったが、平八郎の書は表装され、小河家の子孫の家宝となった。

このような話をしてくれた小月守之進は、「今の話は絶対にほんまやで、この掛軸は他の大塩の軸なんかよりよっぽど値打があるやっちゃ。本物が書いたニセモノや。大事にせえや」といって変な保証をしてくれた。

私は大いに満足して小月の家を辞した。

©谷本亮輔

あとがきに代えて

昨年（2022年）、米寿を迎え、身辺を整理にかかったら、スポニチ競馬コラムの新聞の切り抜きが出て来た。コラムが始まったのが1998年、終わったのが2014年だから17年間も書き続けたことに。そのうち前半約7年分については、2005年に単行本にして出版。今回出て来たのはそれ以降の分、約千回分。捨てる前に読んでおこうと読み始めたらこれが面白い。あかん、このまま捨てるのはもったいないと出版することにした。

より分けた約300回あまりのコラム、同種のものを項目分けしたが、必ずしも正確ではない。コラムの性格上、時事ネタが、職業柄裁判モノが多いのは当然か。読者に人気があったのが「艶笑モノ」。ネタのないときは『定本艶笑落語』（小島貞二編＝立風書房）に助けを求めた。

橋下徹さんモノ、内容は批判的なものが多いが、私は橋下さんが大好き。彼は質問されると、まずイエスかノーかを答え、次にその理由を素人に分かり易い言葉で解説。ぶれないところがよろしい。コラムが辛口となったのは、橋本さんが権力側にいたからです。

コラムだけでは物足りないと思い、急遽、アンソロジーとして「訟廷日誌」と小説「湯川家具」を執筆。どちらも自分の過去の体験をもとに書き上げた作品である。

「旅立ちの唄」「つながり」は、京都府八幡市が毎年募集している「徒然草エッセイ」に応募した作品。「ニセモノ騒動記」は、前回のパートIに掲載したが、自分の一番好きな作品。前回の本をお読みになっていない方々に読んでもらいたくて、再度載せることに。

おまけにつけたのが「生きていて幸せ」の歌詞と楽譜。15年位前、家でウクレレのコードを練習していた時、ふと頭にメロディが浮かんで口ずさんでいるうちに曲ができた。詞の方は3番が最初にできたものだが、2番の雨の日に庭に現れたのは「かえる」ではなくて「とかげ」だった。我が家の庭には昔からトカゲが住んでいて、その親子が庭に現れたのを見て2番を作詞。歌うには「とかげ」より「かえる」の方が可愛いと思い変更。私は楽譜を読めないので、北新地のピアノのあるバーにウクレレをかかえて出張。ピアノの先生に私が歌うのを聞きながら採譜してもらったのであるが、私の音程が怪しいので楽譜については自信がない（ピアノの先生には責任がありません）。

表紙については、るえかさんも「表紙のことば」で書いておられるように、この絵はローズキングダムのジャパンカップ優勝記念品に使わせていただいたもの。ジェンティルドンナの走路妨害によるキングダムの繰り上がり優勝だったため、ゴール前の写真はどれを見てもキングダムが2着（当たり前だ）。そんな写真を優勝記念品に使えないことから、当時るえかさんの絵を拝借してクオカードとTシャツを作った。ジャパンカップという日本最高のGIレースを勝ったにしては地味な存在だったキングダムに、日の目を当ててやりたいという思いから、再度るえかさんの絵を使わせてもらうことになった。

今回、畏友谷本亮輔画伯には、彼の横浜地裁法廷スケッチで協力してもらった。人物画は描かなかった彼が、1年以上裁判所へ通って描いた人物像。雰囲気ありますネ。


これでやり残したことは全くない！

皆さん、この本を読んで、大いに笑って、最後に大きな声で歌って下さい。

「生きていて幸せ！」

追記
本書の出版に当り、後押しをしていただいた風詠社大杉剛氏、年月日の確認から法律の条文、クイズまで校閲していただいた編集の富山公景氏、手書きの汚い原稿を活字にしてくれた我が事務所の中井朋子さん、ありがとうございました。

生きていて幸せ

作詞　作曲　まとばゆうき

1　朝日に輝く大地　緑の杜（もり）で
空に両手を広げ　大きく息をして
今が幸せ　本当に幸せだ
叫んでごらん
今が幸せ　本当に幸せに
なれるでしょう

2　雨の日の昼下がり　庭を眺めたら
蛙の親子が　ジッとボクを見てた
今が幸せ　本当に幸せかい
たずねてみたら
今が幸せ　本当に幸せネと
答えました

3　夜はふとんの中で　両手を合わせ
今日の一日を　神様に感謝
今が幸せ　生きてることが
ありがとう
今が幸せ　生きてるだけで
ありがとう

今が一番幸せ　生きてることが
ありがとう
今が一番幸せ　生きてるだけで
ありがとう

生きていて幸せ

A
C G7 C
あ さひにかがやく だいち みどりのもり で そ
6
F C G7 C
ら にりょうてを ひ ろげ おおき くいきをして いま
B
F C G7 C
が しあわせ ほんとにしあわせだ さけんでごらん いま
14
F C G7 C
がしあわせ ほんとにしあわせに なれるでしょう

青木るえか様の描いたローズキングダム号のクオカード
（カバーイラストに使用）

〔寄稿・カバーイラスト（ローズキングダム）〕

青木　るえか（あおき　るえか）

エッセイスト、東京都出身。
間抜けな主婦としての自分を書くエッセイをはじめ、書評、テレビ評などを書く。2023年現在、将棋の豊島将之九段のおっかけに邁進中。

〔挿絵〕

谷本　亮輔（たにもと　りょうすけ）

京都美術大学卒業。的場悠紀氏とは幼馴染。独自の多色刷り技法＜サーマルグラフ＞を開発し、独自の表現を発表。得意は風景画。創作意欲にかられ、7ヶ国語を苦使して40ヶ国以上を放浪するが、周囲からは「遊んでるだけやんか」と思われているらしい。現在は、ダンボールアートにも熱中。

個展：銀座ソニービル、大阪ソニータワー、新宿紀伊国屋画廊、銀座伊東屋、他40回以上

著書：『サーマルグラフ技法講座全4巻』日本美術教育連盟
　　　『プリントゴッコのハイテクニック』美術出版社
　　　『戦争』共著、朝日新聞社
　　　『サラリーマン知恵講座』日本実業出版社
　　　『ダンボールアート』ブティック社、他

的場　悠紀（まとば ゆうき）

1934年9月27日　満州奉天市（現・中華人民共和国　遼寧省瀋陽市）生まれ
1957年　大阪大学法学部　卒業
1960年　大阪弁護士会弁護士登録
1965年　友人3人と堂島法律事務所設立

競馬歴60年
1998年より2014年までスポニチ競馬欄でコラム「弁護士的場悠紀の勝ってみせます」を連載。

2015年より現在、的場法律事務所（大阪市中央区北浜2－3－9　入商八木ビル7階）経営

続　勝ってみせます！

2023年4月6日　第1刷発行

著　者　的場悠紀
発行人　大杉　剛
発行所　株式会社 風詠社
〒553-0001 大阪市福島区海老江5-2-2
大拓ビル5-7階
Tel 06（6136）8657　https://fueisha.com/
発売元　株式会社 星雲社
（共同出版社・流通責任出版社）
〒112-0005 東京都文京区水道1-3-30
Tel 03（3868）3275
装幀　2DAY
印刷・製本　シナノ印刷株式会社

ISBN978-4-434-31818-4 C0095